감정 기복이
심한
편입니다만

매일
요동치는 감정을
다스리는 최고의
심리 치유법

박한평 지음

KB131493

"자기감정을 모르는 사람은 반드시 실수를 합니다"

인스타그램
500만 인사이트
심리 가이드

불안한 현대인을
위한 2024년
최신 개정판

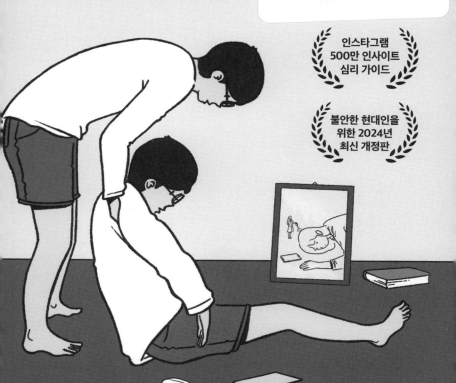

감정 기복이
심한
편입니다만

박한평 지음

Prologue

내 기분아 잘 지내니?
왠지
걱정이 돼서 말이야

언젠가 한 번은 내 감정의 변동 폭에 깜짝 놀랐던 적이 있다. 단 하루 동안 너무 많은 일이 일어나서 정신을 차리기 어려운 수준이었다.

오전엔 수개월간 진행해왔던 프로젝트의 성과가 좋아서 인센티브가 결정됐고, 여러모로 축제 분위기였다.

점심 식사를 하고 자리로 돌아오니, 엄마의 보이스피싱 소식으로 인해 온 가족이 난리가 나서 경찰에 신고를 했고 돈을 건네주기 전 위치 추적을 통해 겨우 피해를 막았다.

퇴근 후엔 대학 후배의 자살 소식을 듣게 되어 감당하기 어려운 슬픔을 느꼈고, 잠들기 전 화장실에선 최근에 구매한 애플워치를 떨어뜨려 액정이 산산조각 났다.

기쁨으로 시작해 불안, 두려움, 우울, 슬픔, 분노 등 온갖 감정을 하루에 다 겪고 나니 온몸에 진이 빠져 그대로 기절하듯 잠자리에 들었다. 애초에 감정 기복이 심한 편이긴 하지만, 이렇게 유난히 온도 차가 심한 날이 있다.

예측을 빗나가는 날씨처럼, 변덕스럽게 오르내리는 기온처럼 기분도 시시각각 변화를 맞이한다. 그 변화의 폭이 클 때, 우리는 다양한 형태의 혼란을 겪는다. 이 혼란을 건강하게 처리하는 방법을 가진 사람도 있고, 이리저리 휘청대는 사람도 있을 것이다.

감정을 다루는 것엔 다양한 방법이 있지만, 아쉽게도 모든 이에게 일괄적으로 적용할 수 있는 공식 같은 게 존재하진 않는다. 그렇게 간편한 해결법이 존재하는 영역이 아니기 때문에 자신에게 꼭 맞는 방법을 스스로 찾아가는 여정이 필수적이라고 할 수 있다.

이 책은 그 여정을 시작하는 사람들을 위해 쓰였다. 자신의 기분이 지금 어떤 상태인지 오롯이 마주하기 위해. 잘 지내지 못하는 내 기분을 스스로 위로하기 위해. 지금 왜 이런 기분이 드는지, 나만 이렇게 느끼는 건지 혼란을 겪는 사람들에게 전혀 이상한 일이 아니라는 걸 말해주기 위해.

나는 어떤 감정이든 존재 목적을 갖는다고 생각한다. 기쁨은 좋은 감정이고 슬픔은 나쁜 감정인가? 아니다. 한 가지 기분만 하루 종일 쭉 유지하는 게 가능하지도 않을뿐더러, 건강한 상태가 아니기 때문이다. 애초에 기분이라는 게 시시각각 엎치락뒤치락하는 속성을 가지고 있다는 걸 인정하는 게 그래서 중요하다.

우리는 다양한 관계 속에서 살아간다. 어쩔 수 없이 타인에 의해 기분이 휘둘리는 상황이 필수적으로 발생한다. 내 기분을 스스로 들여다보는 것도 중요하지만, 다른 사람이 내 기분을 좌우하도록 방치하지 않아야 한다.

감정을 섬세하게 다루는 사람일수록 타인의 기분을 빠르게 파악하고 기민하게 반응할 수 있는데, 이런 사람들이 정작 자신의 기분을 다루는 일에 있어선 심각할 정도로 둔감한 경우가 있다. 지금 당장의 내 기분보단 다른 사람이 느낄 감정이 더욱 중요하다고 생각하기 때문이다. 이렇게 착한 마음(?)을 가진 사람들은 본인의 마음이 상하고 있는 걸 모르기도 하고, 혹은 멍들고 있는 걸 알면서도 타인을 우선시하는 배려심 때문에 이런 상황을 방치하기도 한다.

나는 무엇보다도 당신이 자기 자신의 마음에게만큼은 좋은 사람이길 바란다. 좋은 사람은 불편한 상황을 만들지 않는다. 좋은 사람은 상처를 입히거나 힘들게 하지 않는다. 적어도 당신의 마음에겐 당신이 좋은 사람이 될 수 있기를.

이 여정을 어디부터 시작해야 할지 모르겠다면 스스로에게 질문을 해보자. 때로는 가볍게 툭 던지는 한 마디 질문이 힘을 가지는 순간이 있으니까.

"내 기분아 잘 지내니? 왠지 걱정이 돼서 말이야."

/박한평

"자기 자신에게만큼은
좋은 사람이 되어야 한다."

Contents

Contents

Contents

02

나보다 내 기분을
잘 아는 사람은
없다는 걸 기억할 것

Contents

Contents

03

다른 사람이
내 기분을 좌우하도록
방치하지 말 것

Contents

Contents

04

행복한 기분을
만들기 위한
조각을 모을 것

Contents

05

지금
내가 느끼는 감정과
대화하는 연습

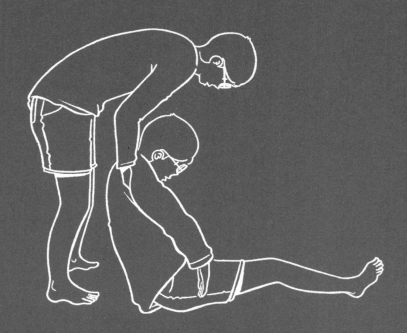

나의 불안을
다스리는
최고의 방법

01
현대사회에서
우리가 불안을
느끼는 이유

당신이 불안을 느끼는 이유는 여기에 있다

불안이라는 키워드가 오늘날처럼 두드러지게 드러나는 때가 또 있었을까. 모든 게 빠르게 움직이고, 점점 더 복잡해지고, 끊임없이 변화한다. 끝을 알 수 없다는 생각과 예측하기 어려운 상황을 지속적으로 마주하다 보면, 불안감은 상승할 수밖에 없다. 스트레스와 압박을 느끼지 않는 사람은 없지만, 모든 사람이 건강한 방식으로 그것을 처리하고 소화하며 살아가고 있지는 않은 것도 현실이다. 세상은 드라마틱한 변화를 원하지만 내 마음이 매너리즘에 빠져있을 때, 시간은 앞으로 계속 흐르지만 내 생각이 과거의 트라우마에 사로잡혀 있을 때 우리는 불안을 느끼게 된다.

변화에 대한 두려움이 깊어질 때

"그래, 미래는 바꿀 수 있어. 뭐든 해 봐야지!"

tvN 드라마 〈선재 업고 튀어〉에 나오는 대사다. 요즘은 이런 작은 다짐도 마음에 품는 게 참 어렵다.

오늘날을 살아가는 우리들의 삶은 빠르게 변화하는 세상과 사회적인 책임 사이에서 자신의 존재를 정의할 것을 요구받는다. 내가 누구인지, 어떤 사람인지 스스로 충분히 들여다볼 여유도 가져보지 못한 상황임에도 존재감을 드러내야 하는 압박에 처하고 있는 것이다. 빠른 변화와 지속적인 성장의 요구는 두려움을 느끼게 하고, 그렇게 변화에 대한 두려움이 깊어지면 금세 불안의 수렁에 빠져들게 된다.

　매너리즘이 지니고 있는 가장 큰 해악 중에 하나는 자신의 삶을 대하는 태도를 망가뜨린다는 것이다. 매너리즘은 금세 자기 자신에 대한 불만과 무기력으로 이어지고, 새로운 것을 마주하거나 변화를 직면하는 일을 회피하게 만든다. 이러한 상황이 반복되고 오랜 시간이 흐르며 방치되다 보면, 빠르게 변화하는 세상 속에서 자기 자신만 멈추어있거나 후퇴하고 있다는 느낌을 가지게 되고 이건 필연적으로 불안으로 이어진다. 매너리즘의 종착지는 불안이다.

과거의 아픈 경험에 사로잡힐 때

　과거의 상처, 아픈 경험들이 누적되다 보면 트라우마가 되어 마음속 깊이 뿌리내린다. 세상이 빠르게 변화하고, 관계의 복잡도가 상승할수록 현대인들이 겪는 심리적 충격도 점점 커지게 된다. 다양한 갈등을 마주할 수밖에 없기에 심리적 외상이 생길 수밖에 없고, 트라우마에 사로잡히게 되면 우울감, 스트레스 장애 그리고 극도의 불안감에 휩싸이게 된다. 과거의 아픈 경험이 현재의 삶에 미치는 영향이 커지면 커질수록 앞으로 나아갈 수 없고, 나아가는 힘을 잃은 마음은 불안에 쉽게 물들어버린다. 트라우마도 결국 불안으로 이어질 수밖에 없는 것이다.

'행복이란 상태가 아니라 태도다'라는 말이 있다. 나는 불안 또한 이와 마찬가지라고 생각한다. 어떠한 상태를 벗어나면 불안이 없어질 것이라고 생각하지만, 사실 불안을 어떠한 태도로 대하는지가 더욱 중요하다는 말이다. 태도를 정비하는 것으로 불안을 다스릴 수 있다면, 내 감정과 마음, 생각과 태도를 가다듬는 일의 중요도는 더욱 커지게 된다. 앞으로 이어지는 10가지 이야기를 통해 불안을 대하는 당신의 태도를 점검할 수 있을 것이다.

Point ||||||||||||||||||||||||||||||||||||||||||||||

세상은 드라마틱한 변화를 원하지만 내 마음이 매너리즘에 빠져있을 때, 시간은 앞으로 계속 흐르지만 내 생각이 과거의 트라우마에 사로잡혀 있을 때 우리는 불안을 느끼게 된다. '행복이란 상태가 아니라 태도다'라는 말이 있다. 불안 또한 이와 마찬가지다. 어떠한 상태를 벗어나면 불안이 없어질 것이라고 생각하지만, 사실 불안을 어떠한 태도로 대하는지가 더욱 중요하다는 말이다. 태도를 정비하는 것으로 불안을 다스릴 수 있다면, 내 감정과 마음, 생각과 태도를 가다듬는 일의 중요도는 더욱 커지게 된다.

||||||||||||||||||||||||||||||||||||||||||||||||||||||||||||||||||

Chapter1
나의 불안을 다스리는 최고의 방법

02
결국
마음먹기
나름이다

마음이 편하지 아니하고 조마조마함

하루에도 수많은 감정을 느끼며 살아간다. 그 감정들 중 단 1가지를 완전히 없앨 수 있다면 한 치의 망설임도 없이 '불안'을 고르지 않을까. 먼 과거로 거슬러 올라갈 필요도 없이 불안은 그 모습을 바꾸었을 뿐, 다양한 형태로 인간의 몸과 마음을 괴롭혀왔다. 꽤 오랫동안, 어쩌면 인류와 문명의 시작부터 지금까지. 현대인의 불안은 천적의 위협을 두려워하던 원시적인 불안과는 결이 다르다. 그러나 생존의 측면에서 바라보면, 불안의 강도는 전혀 줄어들지 않았다. 우리가 지금 느끼는 불안도 여전히 죽고 사는 문제에 깊이 닿아있기 때문이다.

불안 [명사]
1. 마음이 편하지 아니하고 조마조마함.
2. 분위기 따위가 술렁거리어 뒤숭숭함.

불안이 손에 잡히는 형체를 지니고 있다면 이렇게 고민할 일도 없을 것이다. 불안이라는 말 자체가 '마음', '분위기' 따위의 것으로 설명되어야 하는 것처럼, 생각과 정신의 영역에서 다루어져야 한다. 불안을 다루는 일은 그래서 어렵고, 그래서 쉽다. 완벽하게 없애는 방법은 없지만, 찾아올 때마다 어떻게 대할 것인지 매뉴얼을 만들 수는 있다는 말이다. 불안이라는 것이 찾아오는 빈도가 많은 만큼, 그것을 대하는 태도가 중요하다. 그것에 사로잡혀 지배당할 것인지, 다음 단계로 나아가기 위한 발판으로 사용할 것인지는 당신의 마음가짐에 달려있다.

당신의 불안을 세어보세요

불안을 느끼게 하는 것들은 어떤 것들이 있는지 파악하는 게 중요하다. 그래야 다음에 또 불안이 고개를 들이밀 때 제대로 대응할 수 있기 때문이다.

미국 작가 제임스 클리어James Clear가 이런 말을 한 적이 있다.

"실제로 일어난 일의 결과보다 그 일에 대한 걱정과 불안이 더 나쁩니다. 그러니 그만 걱정하고, 그만 불안해하세요."

불안의 원인이 되는 것들을 하나씩 떠올려 보라. 사실은 중요하지 않은 것들이 대부분일 것이다. 중요하다고 하더라도 아직 일어나지 않았거나 일어나지 않을 일이 많고. 중요하지 않은 것들, 일어나지 않은 것들, 내 능력으로 어찌할 수 없는 일들로 과도하게 걱정하다 보면 마음은 금세 불안에 잡아먹히게 된다. 불안도 습관이라, 이것들을 대수롭지 않게 여기는 연습도 필요하다. 이런 태도를 지니는 것만으로도 불안의 상당 부분을 잠재울 수 있다.

불안을 대하는 태도

누구나 불안한 생각, 불안한 느낌이 들 때 각자만의 행동 패턴을 지니고 있다. 누군가는 회피하며 도망치기 바쁘고, 누군가는 정면돌파하겠다며 과감히 승부를 걸기도 한다. 불안을 대하는 태도에서만큼은 무엇이 옳고 그른지 논쟁할 필요가 없다. 상황에 따라 그리고 불안의 정도에 따라 그것을 대하는 태도는 매번 달라질 수 있고, 내놓을 수 있는 카드가 많을수록 유리한 건 명확한 사실이다. 나는 '무엇으로 인해 불안을 느끼는지 명확히 파악하고 마주하는 것'도 재능이라고 생각한다. 원인을 파악한다고 반드시 좋은 결과를 만들 수 있는 것은 아니지만, 불안의 원인을 파악하지 못하면 결과 자체가 나오지 않기 때문이다. 흔들리는 상황 속에서도 결과를 만들어내는 것, 이게 재능이 아니라면 무엇으로 설명할 수 있을까.

불안이 불현듯 찾아올 때, 당신은 이런 태도를 지녀야 한다. 불안 앞에서 도망치지 않고 솔직한 태도로 대하는 것. 불안에 휩싸여 쫓기듯 급하게 결정하지 않는 것. 불안한 마음으로 인해 자기 자신을 잃지 않는 것. 불안에 사로잡혀 그동안 자신이 만들어온 것들을 평가절하하지 않는 것. 불안에 매몰되어 소중한 것들을 소홀히 대하지 않는 것.

불안을 느끼는 것을 피할 순 없지만, 불안한 사람이 되지 않을 수는 있다. 당신은 불안에 삼켜진 사람이 아니라, 불안을 지배하는 사람이 될 수 있다. 스스로도 그 사실을 믿는 게 중요하다.

Point

||||||||||||||||||||||||||||||||||||||||||||||||||

불안을 대하는 태도가 중요하다. 그것에 사로잡혀 지배당할 것인지, 다음 단계로 나아가기 위한 발판으로 사용할 것인지는 당신의 마음가짐에 달려있다. 불안도 습관이라, 이것들을 대수롭지 않게 여기는 연습도 필요하다. 이런 마음을 가지는 것만으로도 많은 불안을 잠재울 수 있다. 불안을 느끼는 것을 피할 순 없지만, 불안한 사람이 되지 않을 수는 있다. 당신은 불안에 삼켜진 사람이 아니라, 불안을 지배하는 사람이 될 수 있다.

||||||||||||||||||||||||||||||||||||||||||||||||||

03
한 번에
한 가지씩
몰입하기

강박 마주하기

불안을 느끼는 이유는 다양하지만, 대부분의 경우 불안의 원인이 되는 본체가 아닌 그것에 대한 강박 때문에 더욱 큰 힘듦을 경험하곤 한다.

강박 [명사]

어떤 생각이나 감정에 사로잡혀 심리적으로 심하게 압박을 느낌.

만약 어떤 중요한 시험을 앞두고 있다고 가정해 보자. 불안의 본체는 분명 '시험'이다. 하지만 시험을 보는 당일에 겪게 될 불안보다 그것을 준비하는 과정에서 공부 습관, 학습에 대한 강박 때문에 더욱 큰 불안을 느끼는 것이다. 시험은 분명 두려운 것이지만, 그 과정이 마냥 불안하기만 하다면 제대로 준비할 수 없다. 당연히 시험도 성공적으로 치를 수 없고. 시험의 성패는 그 과정의 불안을 어떻게 다루는지에 달려있다고 해도 과언이 아닌 것이다.

불안은 잘하고 싶은 마음에서 태어난다. 당신이 중요하게 여기는 것을 잘 해내고 싶은 마음. 노력한 만큼 보상받고 싶다는 마음. 그렇게 순수한 동기와 의도 속에서도 불안은 어김없이 자라난다. 심리적으로 압박을 심하게 느낄수록, 불안의 정도는 커지게 된다.

산만함 줄이기

강박에 사로잡혀 불안에 휩싸일 때, 그럴 때일수록 자신의 감정과 마음을 면밀히 들여다보아야 한다. 강박을 한 번에 없애는 방법은 없다. 불안과 두려움을 느끼게 하는 요소로부터 천천히 자신을 분리하는 것뿐.

tvN 예능 프로그램 <유 퀴즈 온 더 블럭>에서 유재석 씨가 이런 말을 한 적이 있다.

"내 마음을 읽고, 나를 스스로 읽어내는 것. 이게 정말 중요하거든요. 내가 나를 잘 알아야 되잖아요. 그러기 위해선 내면을 바라보고 나와 대화를 하면서 내가 원하는 것, 내가 지금 바라는 것, 나에게 필요한 것들을 살펴보아야 해요. 그런데 사실 이런 것들을 여러 가지 이유로 자꾸 안 챙기게 되는 것 같아요. 그러다 보면 뭔가 큰 탈이 생기잖아요."

자신의 마음을 들여다보고, 자신을 알아가는 일에 부지런해질수록 마음이 흔들리는 정도와 그 범위를 예측할 수 있게 된다. 나를 잘 읽어낼수록 심리적인 압박을 줄일 수 있게 되고,

그렇게 강박이 줄어들면 한 가지에 집중할 수 있게 된다. 자연스레 산만함이 줄어드는 것이다. 이 과정을 게을리하면 결국 큰 탈이 나기 마련이다.

한 가지에 몰입하기

강박을 마주하고, 산만함을 줄이고 나면 그제야 비로소 한 가지에 몰입할 수 있게 된다. 잘해내고 싶은 마음은 분명 순수한 욕망이지만, 일의 크기나 가짓수에 압도당하면 잘할 수 있는 것도 잘할 수 없게 된다. 많은 것을 해내는 것도 결국 한 가지를 잘 해낸 사람만이 도달할 수 있는 영역이다. '모든 일을 잘하는 것'보다 '그냥 하는 것'이 더 중요하다.

불안을 줄이고 싶은 당신은 이런 것들을 버려야 한다. 모든 것을 통제해야 한다는 강박. 반드시 잘해내야만 한다는 집착. 완벽하게 해내지 못했다는 좌절감. 집중하지 못하고 이리저리 휘둘리는 산만함. 계획대로 되지 않았을 때의 조급함.

이런 것들로부터 당신이 자유로워질 수 있기를. 불안을 딛고 일어서 마음이 원하는 한 가지에 몰입할 수 있기를. 어떤 것을 잘 해내는 것도 대단한 일이지만, 그냥 해내는 것도 멋진 일이다. 잘 해내고 싶은 마음을 가진 당신, 불안한 시기를 잘 통과하고 마침내 원하는 것을 이루어낼 수 있다. 지금처럼 한 번에 한 가지씩 해내면 된다.

Point

불안은 잘하고 싶은 마음에서 태어난다. 당신이 중요하게 여기는 것을 잘 해내고 싶은 마음. 노력한 만큼 보상받고 싶다는 마음. 그렇게 순수한 동기와 의도 속에서도 불안은 어김없이 자라난다. 자신의 마음을 들여다보고, 자신을 알아가는 일에 부지런해질수록 마음이 흔들리는 정도와 그 범위를 예측할 수 있게 된다. 나를 잘 읽어낼수록 심리적인 압박을 줄일 수 있게 되고, 그렇게 강박이 줄어들면 한 가지에 집중할 수 있게 된다. 모든 것을 통제해야 한다는 강박. 반드시 잘해내야만 한다는 집착. 완벽하게 해내지 못했다는 좌절감. 집중하지 못하지 못하고 이리저리 휘둘리는 산만함. 계획대로 되지 않았을 때의 조급함을 버려야 한다.

04
마음을
두어야 하는 곳은
오늘이다

오늘은 그런 날인가 보다 하면 됩니다

불안이 자라나는 곳을 자세히 살펴보면, 그 밑바탕에는 어김없이 집착이 자리 잡고 있다. '어떤 것에 늘 마음이 쏠려 잊지 못하고 매달리는 것'을 '집착'이라고 하는데, 집착이라는 게 얼마나 지독한지 한 번 마음을 사로잡으면 사라질 기미를 보이지 않는다.

산울림의 보컬이자 SBS 파워FM 프로그램 <아름다운 이 아침 김창완입니다>의 DJ로 20년 넘게 진행한 김창완 씨는 본인이 직접 작성한 오프닝 멘트를 모아 에세이를 출간했는데, 책 『안녕, 나의 모든 하루』에는 이런 문장이 적혀있다.

"일이 좀 꼬이면 그냥 오늘은 그런 날인가 보다 하는 것도 지혜입니다. 자전거 타기 같은 거죠. 오늘은 인생이 나를 이쪽으로 가라고 하나 보다 하고 힘을 빼고 가다 보면, 또 금세 오뚝이처럼 똑바로 서게 됩니다."

불안함에 사로잡혀 이리저리 흔들리다가 쓰러진 당신의 마음이 오뚝이처럼 일어날 수 있게 하는 문장, '그런가 보다'를 입버릇처럼 만들 필요가 있다. 불안하지 않은 하루를 보내는 비결은 이것이다. 모든 것을 손에 쥐려는 집착, 모든 상황을 통제하려는 집착을 내려놓고 '오늘은 그런 날인가 보다'라는 마음을 지니는 것이다.

마음은 현재에 머물러야 합니다

마음이 현재에 머물러야 한다는 말, 이제는 너무 많이 들어서 모두에게 익숙한 조언이다. 어떤 것을 '아는 것'과 그것을 '품고 살아가는 것'은 차원이 다른 것이기에 계속해서 그러한 생각과 태도가 삶의 양식으로 스며들도록 매일 되새길 필요가 있다.

tvN 토크쇼 예능 프로그램 <인생술집>에 출연한 배우 강하늘 씨가 자신의 좌우명이라며 이런 말을 한 적이 있다.

"과거는 다 거짓말이고, 미래는 환상일 뿐이래요. 그니까 우리의 힘이 닿을 수 있는 건 아무것도 없다는 거예요. 과거도, 미래도 그냥 지금만이 우리 힘이 닿을 수 있는 시간이라는 거죠. 그래서 지금 내가 딱히 불행하지 않으면 지금이 제일 행복한 거 같다는 생각이 많이 들었어요."

지나간 과거의 일에 집중하면 우리는 높은 확률로 우울, 슬픔, 후회에 사로잡히게 된다. 다가올 미래의 일에 집착을 하면 불안, 예민함, 걱정으로 이어지게 된다. 마음이 평온한 상태를

'행복'이라고 정의한다면, 나의 시선과 에너지가 '오늘, 지금'
에 집중될 때 불안을 잠재울 수 있다. 즉, 마음이라는 것은 과거
도 미래도 아닌 현재에 머물러야 한다는 것이다.

당신이 사용할 수 있는 유일한 자원은 '지금 이 순간'이다.
가진 것에 주목할 것. 과거도 미래도 현재에서 시작되는 것이
기에 지금을 충실하게 살아가는 게 중요하다.

별일이 없으면 잘 지내는 겁니다

누구나 마음의 불안함을 떨쳐버리고 잘 지내고 싶어 한다.
그렇다면 '잘 지내는 것'은 어떤 걸까. 대단한 이벤트가 존재
하는 순간도 분명 좋지만, 별일 없는 일상이 쭉 이어지는 것이
'잘 지내는 것'에 훨씬 더 가깝다는 걸 우리 모두가 알고 있다.
즉 '불안 없이 잘 지내는 것'은 어느 한순간이 아니라, 지속되는
상태를 이야기하는 것이다.

wavve 오리지널 드라마 <박하경 여행기>에는 이런 말이
나온다.

"예전에는 괜히 '잘 지내'라는 말이 잘 안 나왔지. 사실 그냥 별일 없으면 다 잘 지내는 건데. 그래서 요즘엔 그냥 잘 지낸다고 해."

'잘 지낸다는 것'의 기준을 너무 높게 설정하지 않는 게 좋다. 스스로에게 '나 잘 지내고 있나?'라고 질문해 보아라. 당신이 한 치의 망설임 없이 '그렇다'라고 말할 수 있기를. 인생을 대하는 태도가 유연해지고, 마음을 현재에 두면 불안이 줄어든다. 그렇게 별일 없는 일상이 이어진다면 우리는 충분히 잘 지내고 있는 것이다. 당신의 오늘 하루가 무난히 지나갔으면 좋겠다. 불안과 거리를 두고. 별일 없는 날들이 이어지기를.

Point

||||||||||||||||||||||||||||||||||||||||||||||||||||||||||

불안이 자라나는 곳을 자세히 살펴보면, 그 밑바탕에는 어김없이 집착이 자리 잡고 있다. 불안하지 않은 하루를 보내는 비결 또한 모든 것을 손에 쥐려는 집착, 모든 상황을 통제하려는 집착을 내려놓고 '오늘은 그런 날인가 보다'라는 마음을 지니는 것이다. 당신이 사용할 수 있는 유일한 자원은 '지금 이 순간'이다. 가진 것에 주목할 것. 과거도 미래도 현재에서 시작되는 것이기에 지금을 충실하게 살아가는 게 중요하다.

||||||||||||||||||||||||||||||||||||||||||||||||||||||||||

05
나중에
완벽해지면 된다

아직 아무 일도 일어나지 않았어요

　삶 속에서 일어나는 대부분의 문제들은 주도권을 잃는 것에서 시작한다. 술에 취해 몸을 의지대로 가누지 못할 때, 쏟아지는 졸음으로 집중력을 잃을 때 사고가 발생하는 것처럼. 마음의 불안도 마찬가지다. 내 마음의 주도권을 잃어버렸을 때 불안이 싹트기 시작한다. 마음을 쥐잡듯 통제해야 한다는 게 아니라, 내 시선이 닿는 범위 안에 마음을 두어야 한다는 말이다. 일어나지도 않은 일을 과도하게 걱정하는 것도 마음을 내 범위 바깥에 두기 때문에 생기는 일이다.

언젠가 배우 이동욱 씨가 이런 말을 한 적이 있다.

"마음의 위기가 올 때마다 늘 느꼈던 것이 있어요. '가만있으면 아무것도 해결되지 않는다.' 더 깊은 수렁으로 빠지기 전에 제 힘으로, 제 의지로 잡고 나와야죠."

당신이 당신 마음의 주인이라는 것을 절대로 잊어선 안된다. 마음의 위기가 올 때마다 의식적으로 한 발자국 떨어져 관망하듯 바라볼 것. 아직 아무 일도 일어나지 않았고, 걱정하는 일들의 대부분은 일어나지 않을 가능성이 높다. 어두운 곳으로 떨어지고 있는 마음을 구할 수 있는 사람은 오직 당신 자신뿐이다.

그때 고민하면 됩니다

그 일이 일어날지 안 일어날지, 과연 잘 될지 안될지, 내가 해낼 수 있을지 없을지. 이런 생각이 깊어지게 되면 어김없이 불안에 사로잡히게 된다. 확실한 건, 앞날의 결과는 아무도 알 수 없고, 그 누구도 말해주지 않는다는 것이다. 그렇기 때문에 우리 마음은 너무나도 쉽게 '잘 안되면 어떻게 하지? 안 좋은 일이 일어나면 어떻게 하지?와 같은 생각에 갇히게 된다.

불안으로 인해 마음이 괴로울 때, 마음에게 이렇게 말해주 도록 하라.

"괜찮아, 그 일은 아직 일어나지도 않았고, 그런 일이 정말 로 발생하면 그때 고민하면 돼."

이제는 지나간 일들로, 일어나지도 않은 미래의 일들로 인 해 불안해하는 것은 멈춰야 할 때이다. 앞을 보고, 용기있는 한 걸음을 내디딜 것. 불안보단 떨림이 낫다.

멋진 건, 마지막에 보여주면 됩니다

마음을 다잡고 눈앞의 것들을 씩씩하게 하나씩 해결해 나 갈지라도 그것이 좋은 결과를 담보하지는 않는다. '차분히 한

걸음씩 나아갔으니, 마음이 원하는 것을 얻을 수 있을 것이다'
라고 그 누구도 약속해 주지 않는다는 것이다.

tvN 예능 프로그램 <유 퀴즈 온 더 블럭>에 출연한 배우 공유 씨가 자신의 이야기를 덤덤하게 풀어낸 적이 있다.

"애써 감추려 노력했지만, 20대 때는 아무래도 조바심이 많았던 것 같아요. 하지만 그걸 인정하는 것도 쉽지는 않았어요. 계속 아니라고 말하며 인정하지 않았던 거죠. 지나고 나서 보니, 그때는 제가 조바심이 지나칠 정도로 많았던 거 같아요. 너무 모든 걸 싸워서 이기려고만 하지 않았나. 그러니까 힘들었던 거죠. 뭐든지 완벽하게 해내고, 이기고 말 거야 같은 생각들. 모든 걸 잘해내야만 하는 건 아닌데도 말이죠. 그런 것들이 오히려 저를 힘들게 했더라고요. 그러다 보니 시야는 좁아질 수밖에 없고, 마음은 늘 불안하고. 시간이 지나고 나니까 이제는 좀 다르게 볼 수 있게 된 거 같아요."

모든 걸 통제할 수 있어야 하고, 모든 걸 알아야 하고, 모든 걸 책임져야 하고, 모든 걸 파악해야 한다고 생각하기 때문에 불안이 심해진다. 모든 걸 통제 범위 안에 둘 수 있는 사람은 없고, 그럴 수 있다고 하더라도 그래서는 안된다. 당신 몫의 일을 충실히 해내고, 묵묵히 오늘 하루를 살아내면 된다. 불안한 마음과 함께 살아가야 한다는 걸 인정하고, 일단 시작하라. 나중에 완벽해지면 된다. 멋진 건, 마지막에 보여주면 된다.

Point

마음의 위기가 올 때마다 의식적으로 한 발자국 떨어져 관망하듯 바라볼 것. 아직 아무 일도 일어나지 않았고, 걱정하는 일들의 대부분은 일어나지 않을 가능성이 높다. 불안으로 인해 마음이 괴로울 때, 마음에게 이렇게 말해주도록 하라. "괜찮아, 그 일은 아직 일어나지도 않았고, 그런 일이 정말로 발생하면 그때 고민하면 돼." 이제는 지나간 일들로, 일어나지도 않은 미래의 일들로 인해 불안해하는 것은 멈춰야 할 때이다. 앞을 보고, 용기있는 한 걸음을 내디딜 것. 불안보단 떨림이 낫다.

06
불안은 당신을
아무 데도
데려다주지 않는다

뽑아도 뽑아도 계속 자라나는 불안

우리 할아버지는 농부셨는데, 날씨가 좋든 나쁘든 심지어 태풍이 올 때도 단 하루도 빼놓지 않고 논에 나가서 벼의 상태를 살피셨다. 여느 시골 아이들과 마찬가지로 나도 물, 흙, 개구리들을 구경하는 걸 좋아했기에 항상 할아버지를 따라나가곤 했는데, 모내기를 마친 할아버지가 한 해 동안 논에서 하셨던 일들은 제법 단순한 것들이었다. 비료를 준비하고 땅을 관리하는 일. 수로를 정비하며 넘치지도 부족하지 않도록 물의 양을 관리하는 일 그리고 잡초를 제거하는 일이었다. 그 외의 영역에 대해선 이제 하늘이 일할 차례라는 말도 빼놓지 않으셨고. 나는 우리 할아버지의 논을 정말 좋아했다. 옆집 할아버지의 논은 벼보다 더 높게 솟은 잡초들이 무성했는데, 할아버지의 논은 항상 깔끔했기 때문이다. 신기한 건, 하루가 지났을 뿐인데 엄청난 높이의 잡초들이 매일 생겨났다는 것이다. 그때는 몰랐지만 이제는 안다. 자라날 걸 알면서도 잡초를 뽑는 일은 헛수고가 아니라, 좋은 벼를 길러내기 위해 매일 묵묵히 해내야 하는 일이라는 것을.

불안도 잡초와 같아서 뽑아도 뽑아도 계속 자라난다. 조금만 신경 쓰지 않아도 얼마나 빠르고 크게 자라나는지 그 속도를 따라가기 어려울 정도다. 그 정도로 마음속 다른 감정들의 영양소까지 자신이 몽땅 흡수하여 빠르게 자라난다. 매일 정돈하고, 매일 뽑아내도 금세 자라나는 불안. 그렇다고 방치하거나 포기할 수도 없는 일이다. 좋은 마음을 길러내기 위해선 매일 마음을 다독이는 일에 집중해야 한다. 농부가 수확의 때를 기다리며 자신의 논을 세심히 관리하는 것처럼.

흔들의자에서 내려오세요

미국 작가 윌 로저스Will Rogers가 했던 말을 좋아한다.

"걱정은 흔들의자와 같아요. 당신을 계속 움직이게 하지만 아무 데도 데려다주지 않습니다."

하루에도 수많은 걱정과 불안, 두려움과 우울이 내 마음을 덮치곤 한다. 이런 것들은 아주 가끔 무언가를 이루어내는 동기가 되기도 하지만, 스트레스를 피하기 위한 움직임일 뿐 당신을 먼 곳까지, 목표로 한 그곳까지 데려다주지는 못한다. 불안은 가까운 것을 발견하지 못하게 하고, 먼 곳을 바라보지 못하게 한다. 좁아진 시야는 당신으로 하여금 '내가 지금 어디로 가고 있지? 잘 가고 있나?'라는 질문 자체를 할 수 없게 만든다.

오늘, 어떤 것들이 당신의 마음을 흔드는지 궁금하다. 어떤 생각들이 당신을 평온함으로 나아가지 못하게 가로막고 있는지 궁금하다. 불안한 마음을 가지고 계속 살아갈 수는 없다. 불안한 마음을 가진 채 한 방향으로 쭉 나아갈 수는 없다. 당신을 흔드는 그 의자에서 내려올 수 있기를. 불안은 당신을 아무 데도 데려다주지 않는다.

동굴이 아니라 터널이라고 생각하기

배우 류승룡이 힘든 시기를 지나고 있을 때, 아내가 해준 말에 큰 위로와 응원을 받았다는 이야기를 한 적이 있다.

"여보, 껌껌하지만 이게 동굴이 아니라 터널이라고 생각해. 동굴은 들어갈수록 다시 나오기가 힘들고 껌껌하잖아요. 분명히 터널이야. 내가 장담할게! 당신 같은 성실함과 기획력이라면 뭐든지 할 수 있어. 걱정하지 마."

류승룡은 아내의 이런 말에 엄청난 힘을 얻을 수 있었고, 어두웠던 터널을 지나 만나게 된 작품이 영화 <극한직업>이었다. 영화 <극한직업>이 굉장한 흥행을 거두었지만, 그 와중에도 '터널을 지나면 또 다른 터널이 나오겠지'라는 생각을 하며 '마음의 예산을 넉넉히 세우자'라는 마인드를 가지고 앞으로 나아갔다고 한다.

브라질의 소설가 파울로 코엘료Paulo Coelho가 했던 말도 같은 맥락에서 해석할 수 있다.

"불안을 완벽하게 잠재울 방법은 없어요. 우리가 폭풍 속에서 살아남는 방법을 배운 것처럼, 불안을 지닌 채 사는 법을 배워야 합니다."

폭풍에서 살아남는 법, 어두운 동굴을 터널로 만드는 법 모두 같은 해결책을 지닌다. 앞으로 계속해서 나아가는 것이다. 불안을 투명하게 마주하는 것이다. 어느 정도의 불안과 흔들림이 있음을 인정하고 나의 삶을 멈추지 않는 것이다. 폭풍도, 터널도 또 찾아오겠지만 당신은 보란 듯이 살아낼 수 있다. 분명 통과할 수 있다.

||||||||||||||||||||||||||||||||||||||||||||||||||||||||

불안은 아주 가끔 무언가를 이루어내는 동기가 되기도 하지만, 스트레스를 피하기 위한 움직임일 뿐 당신을 먼 곳까지, 목표로 한 그곳까지 데려다주지는 못한다. 불안한 마음을 가지고 계속 살아갈 수는 없다. 불안한 마음을 가진 채한 방향으로 쭉 나아갈 수는 없다. 당신을 흔드는 그 의자에서 내려올 수 있기를. 불안은 당신을 아무 데도 데려다주지 않는다. 어느 정도의 불안과 흔들림이 있음을 인정하고 앞으로 계속해서 나아갈 것. 폭풍도, 터널도 또 찾아오겠지만 당신은 보란 듯이 살아낼 수 있다. 분명 통과할 수 있다.

||||||||||||||||||||||||||||||||||||||||||||||||||||||||

Chapter1
나의 불안을 다스리는 최고의 방법

07
작은 약속을
책임지는 연습

작은 것을 약속하고 스스로 결정하기

친한 동생이나 후배들이 고민을 들고 오면 '불안감', '미래에 대한 걱정' 같은 것으로 마음이 힘들다는 이야기가 빠짐없이 등장한다. 그럴 때면 내가 항상 해주는 이야기가 있다.

"커다란 목표를 세우고, 너무 잘하려고 하고, 완벽하게 해내려고 하니까 힘든 걸지도 몰라. 내가 지킬 수 있는 최소한의 단위로 쪼개고, 그것을 지키겠노라고 자신과 약속해 봐. 큰 약속을 지키긴 어려워도 작은 건 쉽게 해낼 수 있거든. 그렇게 자신과 했던 작은 약속들을 하나둘 지켜 나가다 보면, 자기 자신을 신뢰할 수 있게 될 거야. 해낼 수 있다는 믿음을 지닌 사람은 불안할 겨를이 없어. 자기 확신이 있다면 반드시 불안을 이겨낼 수 있어.”

언젠가 이 생각과 비슷한 내용의 글을 SNS에서 본 적이 있다. ‘자기 자신과의 약속을 지켜나가다 보면 내가 지킨 약속들이 나를 지킨다.’ 중요한 삶의 원리를 담아낸 좋은 글이라고 생각한다. 보통은 타인과의 약속, 회사와의 계약을 지키는데 온 에너지를 집중하며 살아가지만, ‘자기 자신과의 약속’을 중요하게 생각하며 살아가는 사람들은 많지 않은 것 같다. 스스로에 대한 실망이 반복되면, 앞으로 나아가는 힘이 약해진다. 한 걸음을 힘 있게 내디딜 수 없다면 불안함을 느낄 수밖에 없다. 결국 불안을 이기는 힘은 나를 믿는 믿음에서 시작된다는 것이다.

선택에 대해 스스로 책임지기

코미디언 신동엽 씨가 방송에서 했던 말에 많은 분들이 공감했던 적이 있다.

"우리는 늘 정답을 찾으려고 하는데 인생에 정답은 없어요. 오직 선택만 있는 거예요. 그리고 선택한 그것에 대해서 책임지고 그냥 살아가는 거예요."

작은 것을 약속하고, 스스로 결정하다 보면 필연적으로 마주하는 영역이 있다. 바로 '선택에 대한 책임'이다. 책임을 지는 것도 꽤 많은 노력과 연습이 필요한 영역이라, 이 부분에 게을러지면 금세 회피형 인간이 되어있는 자신을 발견하게 된다. 회피하는 일에 익숙해지게 되면 '내가 원하는 나의 모습'과는 점점 거리가 멀어질 수밖에 없다.

시사용어 중에 '채찍효과Bullwhip Effect'라는 말이 있다. 가축을 몰아갈 때 긴 채찍을 사용하게 되는데, 손목의 세밀한 힘 조절만으로도 채찍 끝부분의 힘과 방향이 크게 변하는 것을 의미한다. 단 몇 도만이라도 기존의 방향에서 틀어놓을 수 있다면 그

끝부분의 결과는 전혀 다른 국면을 맞이할 수 있다. 인생도 이와 마찬가지다. 오늘, 지금 이 순간 나 자신과의 대화가 시작되면 내가 원하는 것, 내가 선택하게 될 것들이 선명해진다. 지켜야 할 약속의 단위를 잘게 쪼개고, 문제의 원인을 파악하고, 스스로 결정하고, 자신이 선택한 것에 대한 책임 있는 태도를 지니기 시작하면 '내가 원하는 내 모습'에 가까워질 수 있다. 당장 오늘은 큰 변화를 느끼기 어렵더라도 채찍의 끝부분이 닿는 미래의 어느 날에는 완전히 다른 모습으로 서있을 수 있을 것이다. 불안을 잠재우고, 흔들림에도 의연하게 대처할 줄 아는 그런 성숙한 사람의 모습으로.

사치스럽게 살아가기

배우 윤여정 선생님께서 어느 인터뷰에서 이런 말을 한 적이 있어서 메모해 뒀다.

"저는 나이 60이 넘으면서 사치스럽게 살기로 결심했어요. 내가 내 인생을 내 마음대로 할 수 있으면 그게 사치스러운 거 아니에요?"

스스로가 정한 범위 안에서 충분한 만족을 느끼는 것. 주
체적으로 삶을 이끌어가며 작은 단위에서 하나씩 만들어 가는
것. 내가 정말 나답게 행동하고 말할 수 있도록 자기 자신을 믿
는 것. 이런 게 사치라면, 당신도 충분히 사치스러워도 된다.

TVING 오리지널 영화 <해피 뉴 이어>에는 이런 대사가
나온다.

**"자신이 가치 있다고 느끼는 거. 그것이 살아가는 힘이 되
니까요."**

자기 자신에 대한 불안, 미래에 대한 불안, 일어나지 않은
일에 대한 불안들을 잠재우는 방법은 명확하다. 자기 자신을
가치있게 느끼는 것. 내 인생을 내가 원하는 대로 하나씩 만들
어가는 것. 그렇게 사치스럽게 살아가면 되는 것이다.

||||||||||||||||||||||||||||||||||||||||||||||||||

처음부터 커다란 목표를 세우고, 너무 잘하려고 하고, 완벽하게 해내려고 하니까 힘든 것이다. 자신이 지킬 수 있는 최소한의 단위로 쪼개고, 그것을 지키겠노라고 자신과 약속해 보도록 하라. 큰 약속을 지키긴 어려워도 작은 건 쉽게 해낼 수 있기 때문이다. 그렇게 자신과 했던 작은 약속들을 하나둘 지켜 나가다 보면, 자기 자신을 신뢰할 수 있게 된다. 해낼 수 있다는 믿음을 지닌 사람은 불안할 겨를이 없다. 자기 확신이 있다면 반드시 불안을 이겨낼 수 있다. 당신은 당신이 원하는 모습으로 삶을 만들어갈 수 있다.

||||||||||||||||||||||||||||||||||||||||||||||||||

08
때로는
단순한 방법이
해결을 만든다

일단 멈춤, 불안과 거리 두기

불안을 대하는 다양한 태도가 있지만, 때로는 단순한 방법이 의외의 해결을 만들기도 한다. 불안을 다루는 방법 중에 하나는 불안을 느끼게 하는 사람, 상황과 물리적으로 거리를 두는 것이다. SNS든 메신저든 마음을 과도하게 흔들거나 불안함을 느끼게 하는 사람, 부정적인 외부 자극을 차단하도록 하라.

마음은 주변으로부터 쉽게 물들고 영향을 받기 때문에 그것들로부터 자기 자신을 멀어지게 한다면, 자연스레 불안의 농도를 낮출 수 있게 된다. 불안을 삶의 일부로 인정하는 것과 일상이 불안해지는 것은 전혀 다른 차원의 것이다. 종종 불안에 휩싸일 수는 있지만, 그것에 잡아먹히지 않아야 한다.

보통은 불안을 떨쳐낼 수 있을 정도의 의지를 가지고 힘차게 나아가라고 조언하곤 하지만, 불안의 정도에 따라 다르게 바라보아야 할 때도 있다. 너무 불안해서 뭔가 위험하다는 생각이 들면, 잠시 멈추는 게 맞다. 상황과 감정으로부터 도망치는 게 본질적인 해결은 아니겠지만, 스스로 생각하기에 그러는 게 좋다는 생각이 들면 그것도 무시해선 안되는 굉장히 소중한 신호다. 그땐 잠시 멈추거나 거리를 두는 게 좋다. 그래도 된다.

적극적으로 몸 움직이기

불안을 잘 해결하는 사람들의 특징 중 하나는, 몸을 적극적으로 활용한다는 것이다. 달리기를 하고, 뜨개질을 하고, 자전

거를 타고, 청소를 하기도 한다. 감정을 다스리는 방법 중에는 마음가짐을 가다듬는 것뿐 아니라, 이렇게 몸을 움직이는 방법도 있다. 생각과 시선이 흐르는 방향을 물리적으로 변경해 주는 것이다. 정신적으로 복잡한 일을 하는 사람이 가끔씩 단순노동을 하면서 힐링을 경험하는 것도 이와 같은 맥락이다.

류시화 작가의 책 『내가 생각한 인생이 아니야』에는 이런 문장이 담겨있다.

"삶이 힘든 시기일수록 마음속에 아름다운 어떤 것을 품고 다녀야 한다. 그 아름다움이 우리를 구원한다."

나의 경우에는 불안이 찾아올 때마다 꽃 사진을 찍으러 돌아다니곤 하는데, 꽃 사진을 찍으며 돌아다니는 산책 시간이 불안을 다스리는데 정말 큰 도움이 됐다. 속이 시끄러울 땐 역시 예쁘고 귀여운 것들을 보는 게 좋다. 강아지든, 고양이든, 꽃이든 말이다. 불안이 마음을 물들이고 있다면, 이렇게 적극적으로 몸을 움직여 보도록 하라. 따스한 햇볕을 마주하고, 불어오는 바람을 느껴보기도 하고.

불안이 망친 것들 원상복구하기

불안이 망친 것들을 보면, 어떤 대단한 프로젝트가 아니라 대부분 일상의 습관인 경우가 많다. 그렇게 루틴이 무너진 사람들은 좋은 결과물을 만들 수 있는 동력이 없기에 너무나도 쉽게 방전되고 금방 쓰러지는 것이다. 그렇기에 불안이 망친 것들을 원상복구하는 일은 무너진 루틴을 바로 세우는 것에서부터 시작한다. 끼니 거르지 않기, 밤낮 바꾸지 않기, 좋은 문장 곁에 두고 자주 읽기, 창문을 열고 환기하기, 집 근처 공원 산책하기 같은 것들.

과도한 불안으로 인해 몸과 마음이 시달리고 나면 자기 자신과 잘 지낼 수 없고, 다른 사람들의 말과 행동이 눈에 거슬리고 불쾌하게 느껴지기 시작한다. 평소라면 아무렇지 않았을 것들이 아니꼽게 느껴지기 시작한다면, 당신이 많이 지친 상태라는 신호일 수 있다. 이 또한 불안이 망친 것들 중에 하나다. 이때는 섣부르게 '타인을 사랑하기 위한 노력'을 해야 할 때가 아니라, 자기 자신과 진하게 데이트를 해야 한다. 내 몸과 마음이 먼저 잘 정돈되어야만 주변 사람들을 따스한 시선을 바라볼 수 있게 된다. 다정한 사람이 되는 것도 불안을 잘 다스려야 가능한 일이다. 불안으로 인해 관계든 상황이든 여러 가지가 망가졌다는 생각이 들 때, 이것을 기억하라.

당신은 지금,

습관의 회복이 필요하다. 일상의 여유가 필요하다. 긍정적인 자극이 필요하다. 산책이 필요하다. 햇볕이 필요하다. 맛있는 음식과 충분한 수면이 필요하다. 좋은 문장이 필요하다.

부정적인 것들로부터 당신을 지킬 수 있는 것도, 삶을 아름답게 만들 수 있는 것도 오직 당신뿐이다.

||||||||||||||||||||||||||||||||||||||||||||||

불안이 망친 것들을 원상복구하는 일은 무너진 루틴을 바로 세우는 것에서부터 시작한다. 끼니 거르지 않기, 밤낮 바꾸지 않기, 좋은 문장 곁에 두고 자주 읽기, 창문을 열고 환기하기, 집 근처 공원 산책하기 같은 것들. 당신은 지금, 습관의 회복이 필요하다. 일상의 여유가 필요하다. 긍정적인 자극이 필요하다. 산책이 필요하다. 햇볕이 필요하다. 맛있는 음식과 충분한 수면이 필요하다. 좋은 문장이 필요하다. 부정적인 것들로부터 당신을 지킬 수 있는 것도, 삶을 아름답게 만들 수 있는 것도 오직 당신뿐이다.

||||||||||||||||||||||||||||||||||||||||||||||||||||||||||||

Chapter1
나의 불안을 다스리는 최고의 방법

09
흙탕물을
맑게 하는
방법

당신의 불안을 이야기해도 괜찮습니다

자신이 느낀 것을 타인에게 이야기하는 건 참 어려운 일이다. 내가 이야기하는 게 곧 나의 이미지가 되고, 이미지를 소비하는 시대인 것도 부정할 수 없는 현실이다. 다른 이들에게 보여주고 싶은 모습만 SNS에 올려놓기 바쁜 것도 그러한 맥락에서 보면 이해가 된다. 다들 각자의 불안을 숨기기 바쁜 것이다.

그래서 불안을 이야기하는 건 더욱 어렵게 느껴진다. 마치 실패한 인생을 인증하는 것만 같아서. 불안을 이야기하는 건 어느 때나, 누구에게나 두려운 일이다. 이러한 관점에서 보면 자신의 연약함, 걱정, 불안함을 꺼내어놓고 이야기할 수 있는 사람은 불안한 사람이라기보단 용기 있는 사람에 가까운 거 아닐까.

정신건강의학과 전문의 오은영 박사가 이런 말을 한 적이 있다.

"열심히 살아도 체면 구겨질 일들이 많이 생깁니다. 그냥 언제나 내가 선 자리에서 최선을 다할 뿐. 그 결과를 내가 다 컨트롤하지 못해요. 면이 안 서는, 체면이 구겨지는, 약간 거칠게 표현하면 쪽팔림이 생기는 일을 너무 두려워하거나 너무 고통스럽게 생각하지 않으셨으면 좋겠어요."

불안한 마음이 들 땐, 불안을 느끼게 하는 것들에 대해서 이야기해도 괜찮다. 불안을 느낀다는 게 곧 인생의 실패를 뜻하는 것은 아니기 때문이다. 때로는 꺼내놓는 것만으로도 해소되는 것들이 있다. 불안한 마음도 펼쳐놓고 한 발자국 떨어져서 보기 시작하면 생각보다 별거 아니라는 것을 깨닫게 되기도 한다.

이야기의 대상이 있다면 좋지만, 그게 꼭 사람일 필요는 없다. 글을 쓰거나 혼잣말도 괜찮다. 타인의 공감과 이해는 분명소중한 것이지만, 내 불안을 꺼내놓는 일에 그것이 필수적인것은 아니다. 중요한 건, 내가 느낀 감정에 내가 솔직해지는 시간을 갖는 것. 그 과정에 보물이 숨겨져 있다.

당신이 느낀 것은 당신이 아닙니다

정목 스님의 책 『비울수록 가득하네 – 행복을 키우는 마음연습』에는 이런 문장이 적혀있다.

"흙탕물을 가라앉히는 것과 마음을 다루는 원리가 다르지않습니다. 마음이 흙탕물처럼 뿌옇게 일어나 갈피를 잡지 못할 때, 우리가 할 수 있는 것은 마음의 흙탕물이 스스로 가라앉기를 기다리는 일뿐입니다."

불안으로 휘저어진 마음을 들여다보면 아무것도 보이질 않는다. 그럴 땐 무언가를 해보려고 애를 쓸 게 아니라 천천히 기다리고, 가만히 바라보아야 한다. 마음의 탁도가 낮아질 때까지.

불안을 느끼지 않는 사람은 없다. 불안을 표출하는 방식과 감정을 소화하는 각자의 방법의 차이가 있을 뿐, 이것으로부터 자유로운 사람은 없다. 누구나 마음의 흙탕물을 경험하며 살아 간다는 것이다. 불안을 느끼는 것도, 우울함을 경험하는 것도, 걱정에 사로잡히는 것도 모두 당신의 모습들이다. 하지만 불안, 우울, 걱정은 당신이 느낀 '감정'일 뿐, '당신'이 아니다. 그러니 그것들이 당신을 함부로 정의하도록 내버려두지 않아야 한다. 불안이 가라앉을 때까지 자신에게 가만히 있는 시간을 선물하라. 당신은 종종 불안을 느끼는 사람이지만, 불안한 사람이 아니다.

불안, 곧 지나갑니다

언젠가 내가 너무 힘들어하니까 엄마가 이런 메시지를 보내온 적이 있다.

"너무 스트레스 받으면 건강에 해로워. 마음의 여유를 가

지고 하루하루 지내다 보면 다 지나간다. 다 지나가."

불안은 감정이다. 그리고 감정은 반드시 지나간다. 일시적인 감정으로 인해 돌이킬 수 없는 결정을 해서는 안 된다. 불안은 일시적인 감정이라는 것을 기억해야 한다. 불안한 상태에 빠지면 가장 먼저 나타나는 현상은 시야가 좁아지는 것인데, 시야가 좁아지면 지금 겪고 있는 어려움과 느끼는 감정들이 영원할 거라고 믿어버리게 된다. 이 또한 곧 지나가고, 끝이 있을 것이라는 생각을 할 수 있는 심적 여유가 없기 때문이다.

배우 안은진이 tvN 예능 프로그램 <유 퀴즈 온 더 블럭>에서 했던 말에 큰 위로를 받은 적이 있다.

"너무 많은 걸 배웠어요. 시간은 흐른다. 힘든 건 다 지나간다. 너무 걱정했던 것들 다 끝난다."

현재 상태가 영원할 것이라는 생각은 착각이며, 끝나지 않을 것이라는 말은 거짓말이다. 착각에 빠지지 않고, 거짓말에 속지 않기를. 걱정과 두려움, 고난과 고통 그리고 불안한 마음들도 모두 지나간다. 시간 지나면 별일도 아닌 것들이 대부분

이다. 감정은 그냥 날씨처럼 찾아온 것일 뿐이다. 불안, 곧 지나
간다.

Point

불안한 마음이 들 땐, 불안을 느끼게 하는 것들에 대해서
이야기해도 괜찮다. 불안을 느낀다는 게 곧 인생의 실패를
뜻하는 것은 아니기 때문이다. 때로는 꺼내놓는 것만으로
도 해소되는 것들이 있다. 불안한 마음도 펼쳐놓고 한 발자
국 떨어져서 보기 시작하면 생각보다 별거 아니라는 것을
깨닫게 되기도 한다. 현재 상태가 영원할 것이라는 생각은
착각이며, 끝나지 않을 것이라는 말은 거짓말이다. 시간 지
나면 별일도 아닌 것들이 대부분이다. 감정은 그냥 날씨처
럼 찾아온 것일 뿐이다. 불안, 곧 지나간다.

10
당신은
당신이 생각하는 것보다
훨씬 더 강하다

불안 경력직입니다만

스포츠 경기를 보면 '이변'이라는 표현이 자주 사용되는 걸 볼 수 있다. 객관적으로 강한 전력을 지니고 있을 수는 있지만, '무조건적인 승리'를 담보하는 절대 승자는 없다는 말이다. 빈약한 스쿼드를 지닌 팀, 낮은 랭킹을 지닌 팀이 강팀을 이기는 스토리는 너무나도 흔하다. 강팀을 이기는 방법, 공략하는 방법은 분명히 존재한다. 상대팀의 경기를 분석하고, 플레이 스타일을 살펴보고, 취약한 부분을 집중적으로 공략하는 것. 그리고 그 팀과 유사한 전력과 스타일을 지닌 팀과 평가전을 갖는 것이다. 모여서 회의하는 걸 넘어, 경기장에서 전술을 테스트해 보고 직접 뛰어 보아야 한다. 불안도 마찬가지다. 10번 싸워서 10번 이기긴 어렵지만, 분명 공략은 가능하다.

불안과 싸워본 사람, 그것을 다루어본 적이 있는 사람, 불안을 마주한 경험이 있는 사람은 강하다. 자신이 겪은 일에 대해 객관적인 시선으로 바라볼 줄 알게 되고, 회복하는 힘을 지니고 있기 때문이다. 불안이 찾아오면, 경력직 다운 태도로 능숙하게 다루면 된다. 당신은 당신이 생각하는 것보다 훨씬 더 강하다.

좋았던 일들을 떠올려 보세요

넷플릭스 오리지널 드라마 <정신병동에도 아침이 와요>에서 배우 이정은 씨의 말에 위로를 받은 적이 있다.

"원래 아침이 오기 전엔 새벽이 제일 어두운 법이잖아요. 어떻게 내내 밤만 있겠습니까. 곧 아침도 와요."

우리는 긍정적인 것보다 부정적인 것에 집중하기가 훨씬 더 쉽다. 그래서 마음은 너무나도 쉽게 부정적인 것들에 주목하게 된다. 지나간 일로 인한 후회 때문에, 부족함이 존재하는 현재 상황으로 인해, 미래에 대한 걱정으로 불안에 휩싸이게 된다.

이럴 때일수록 밝은 면, 긍정적인 부분, 좋았던 것에 대해서 의식적으로 주목할 필요가 있다. 당신의 인생에서 일어났던 좋았던 일들을 떠올려 보아라. 그것들이 주었던 행복감을 생각해 보아라. 차분하게 호흡하고, 천천히 움직여보도록 하라. 불안을 떨쳐낼 수 있을 것이다. 어두운 밤은 지나고, 곧 아침이 온다.

당신은 이 모든 상황을 헤쳐나갈 수 있습니다

내가 좋아하는 표현이 있다. 블록버스터 영화, 드라마에서 우주선이나 비행기가 불시착할 때 혹은 적군의 대대적인 공격이 예상될 때 자주 나오는 대사다.

"충격에 대비하라!"
"Brace for impact!"

큰 충돌과 충격이 예상되니 마음을 단단히 먹으라는 조언인데, 마음을 정돈하고 각오를 다지는 것만으로도 다가올 커다란 충격을 대비할 수 있다는 말이다. 충격에 대비한다고 외부의 충격량이 줄어드는 건 아니지만, '충돌이 있을 것이다'라는 것을 예상하는 것만으로도 불안의 정도를 줄일 수 있다.

마음을 강하게 먹을 것. 그제야 비로소 단단해지는 것들이 있다. 자신과의 약속을 지켜나가는 힘. 해내고자 하는 마음. 한 가지에 에너지를 쏟는 집중력. 마지막까지 해내는 끈기. 역경을 겪으면서도 앞으로 나아가는 맷집. 마음의 온도를 유지하는 열정. 상황을 바꾸겠다는 의지. 자기 자신에 대한 믿음. 당당한 태도를 만드는 자신감. 외부의 충격을 방어하는 능력. 상처를 치료하는 회복력.

당신은 이 모든 상황을 헤쳐나갈 수 있다. 그리고 이 사실을

당신 스스로도 믿어주는 게 중요하다. 괜찮을 거고, 지나갈 것
이다. 애초에 인생 자체가 미로이기 때문에 헤매는 게 당연하
다. 당신이 할 수 있는 것들을 하나씩 하면 된다. 불안을 마주하
면 된다. 시간은 반드시 당신의 편이다.

Point ||||||||||||||||||||||||||||||||||||||||||||

불안과 싸워본 사람, 그것을 다루어본 적이 있는 사람, 불
안을 마주한 경험이 있는 사람은 강하다. 자신이 겪은 일에
대해 객관적인 시선으로 바라볼 줄 알게 되고, 회복하는 힘
을 지니고 있기 때문이다. 밝은 면, 긍정적인 부분, 좋았던
것에 대해서 의식적으로 주목할 필요가 있다. 당신의 인생
에서 일어났던 좋았던 일들을 떠올려 보아라. 그것들이 주
었던 행복감을 생각해 보아라. 차분하게 호흡하고, 천천히
움직여보도록 하라. 불안을 떨쳐낼 수 있을 것이다. 애초에
인생 자체가 미로이기 때문에 헤매는 게 당연하다. 당신이
할 수 있는 것들을 하나씩 하면 된다. 불안을 마주하면 된
다. 시간은 반드시 당신의 편이다.

||||||||||||||||||||||||||||||||||||||||||||||||||||||||||||||||||

11
불안의
다음 페이지는
가능성이다

하나 망친 것에 집중하지 말고 과거는 흘리세요

요가를 하는 분들이 공통적으로 하는 말이 있다. 흔들리지 않는 연습을 하는 게 아니라, 잘 흔들리는 연습을 하는 중이라고. 그렇게 한참을 흔들리다 보면 마침내 중심을 잡을 수 있게 된다고. 모든 동작은 각자의 매력을 지니고 있지만, 그중에는 자연스럽게 흔들림을 받아들이는 동작들도 있다고 말이다.

Chapter1
나의 불안을 다스리는 최고의 방법

언젠가 SNS에서 읽고 너무 좋아서 필사했던 문장이 있다.

"어제 요가 수업에서 들은 말. 흔들리면 흔들리는 대로 중심을 잡으세요. 하나 망친 것에 집중하지 말고 과거는 흘리세요."

어쩌면 우리는 약간의 흔들림도 허용하기 싫어하는 게 아닐까. 고난도의 멋진 자세가 아니라면, 나머지는 다 의미가 없는 것처럼 여기고 있는 건 아닐까. 우리가 목표로 해야 하는 것은 흔들리지 않는 인생이 아니라, 불안하게 흔들리는 상황 속에서도 중심을 잡을 줄 아는 모습이어야 하지 않을까.

일이 재밌게 진행되겠구나

SBS 예능 프로그램 〈집사부일체〉에 출연한 조수미 씨가 자신의 유학 생활을 이야기했던 적이 있는데, 그녀의 멘탈과 마음가짐을 엿볼 수 있는 에피소드가 있었다. 그 당시 조수미 씨의 상황은 긍정적인 요소란 전혀 찾아볼 수가 없는 최악의 상황이었다. 교수님과 부모님께 등 떠밀리듯 유학길에 오른 21살의 동양인 여성. 새벽 3시에 이탈리아에 도착했고, 숙소도 정해지지 않았는데, 비까지 내리는 상황. 한참을 걷다가 도착한 베네치아 광장에 홀로 서서 떠올린 생각이 바로 "일이 재밌게 진행되겠구나."였다고 한다.

불안한 것에 집중하면 한없이 불안해질 수 있는 게 우리네 마음이다. 다른 측면으로 바라보면, 마음이 잘 무장된다면 크고 작은 불안과 역경을 충분히 이겨낼 수 있다는 것이다.

제76회 칸 영화제 비경쟁부문에 초청됐던 영화 <거미집>에 이런 대사가 나온다.

"재능이란 게 뭐, 별거 있나? 자신을 믿는 게 재능이지. 지금 자네 눈앞에서 흐릿하게 어른거리는 게 있다고 했지? 그걸 믿고 가. 그게 누구 딴 사람 머리에서 나와서 어른거리는 게 아니잖아. 자신을 믿고 가슴속 저 밑바닥에서 끓어올라 오는 소리에 집중해 봐."

자신을 믿는 게 재능이고, 그런 자기 확신을 통해 불안을 잠재울 줄 아는 것도 재능이다. 해봐야 한다는 생각이 들면 해보고, 계획과 달리 상황이 꼬인 것 같은 때에도 불안을 딛고 일어서는 것도 재능이다. 그렇게 마음이 원하는 것을 목표로 끝까지 한 번은 가봐야 후회가 남지 않는다.

이 다리의 이름은 불안함입니다. 건너가세요.

미국의 기업가이자 작가인 팀 파고_{Tim Fargo}가 이런 말을 한 적이 있다.

"불안함의 다리를 건너기 전까지는 우리의 가능성을 온전히 탐구할 수 없습니다."

새로운 일을 마주할 때, 인생의 중요한 일을 앞두고 있을 때, 오랫동안 노력해왔던 것을 시험대에 올릴 때, 우리는 거대한 불안을 마주하게 된다. 그리고 이것을 극복하는 유일한 방법은 '불안'이라는 이름을 지닌 다리를 잘 건너가는 것뿐이다.

묵묵히 일상을 살아가다 보면 기회가 온다. 버티다 보면 새로운 국면을 맞이하게 된다. 죽지 않고 살기를 잘했다는 이유를 만나는 때가 온다. 주저앉지 않고 한 발자국 더 내딛기 잘했다는 생각이 드는 순간이 온다. 당신의 인생을 거침없이 펼치고, 각 페이지마다 원하는 내용으로 새겨 넣을 것. 불안의 다음 페이지는 가능성이다.

> ## Point |||||||||||||||||||||||||||||||||||||||||||||||||||||
>
> 우리가 목표로 해야 하는 것은 흔들리지 않는 인생이 아니라, 불안하게 흔들리는 상황 속에서도 중심을 잡을 줄 아는 모습이어야 한다. 묵묵히 일상을 살아가다 보면 기회가 온다. 버티다 보면 새로운 국면을 맞이하게 된다. 죽지 않고 살기를 잘했다는 이유를 만나는 때가 온다. 주저앉지 않고 한 발자국 더 내딛기 잘했다는 생각이 드는 순간이 온다. 당신의 인생을 거침없이 펼치고, 각 페이지마다 원하는 내용으로 새겨 넣을 것. 불안의 다음 페이지는 가능성이다.
>
> |||||||||||||||||||||||||||||||||||||||||||||||||||||||||||||||||||||||||||||

Chapter1
나의 불안을 다스리는 최고의 방법

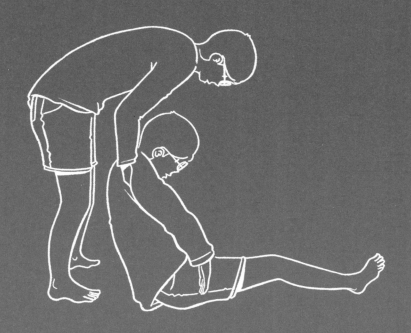

나보다 내 기분을
잘 아는 사람은
없다는 걸 기억할 것

01
기분은
어떤 형태로든
티가 난다

내 기분에 대해 솔직해진다는 것

어릴 때부터 감정을 최대한 절제하고, 기분을 숨겨야 하는 것 같은 분위기에서 자라난 사람이 많다. 눈물을 흘리는 것에 대해서, 화를 내는 것에 대해서, 기쁨을 드러내는 것에 대해서, 속마음을 솔직하게 표현하는 것에 대해서 말이다. 기분을 밖으로 드러내는 게 흉이 되거나 약점이 될 것만 같은 느낌을 받아온 것도 사실이다. 하지만 기분을 완벽할 정도로 숨길 수 있는 사람은 그렇게 많지 않다.

기분은 어떤 형태로든 티가 난다. 주체할 수 없을 만큼 기쁘면 입꼬리가 귀에 걸리기도 하고, 슬프면 눈물이 나고, 화가 나면 얼굴이 붉어진다. 연습을 많이 해서 표정에 드러내지 않는 수준이 되면그때부턴 몸이 티를 낸다. 속병이 나서 온갖 질환을 겪기도 하고.

자신의 기분이 지금 어떤지 그리고 왜 이런 기분이 들었는지 정확히 마주하는 게 중요하다. 그래야 건강한 방식으로 표현할 수 있고, 주변 사람들에게도 잘 전달할 수 있다.

오늘의 기분 파악하기

최근 주변에 캠핑을 취미로 즐기는 친구, 지인들이 제법 늘었다. 캠핑에 조금이라도 관심을 가져본 사람이라면 알겠지만 장비가 꽤나 비싸다. 텐트는 말할 것도 없고 랜턴부터 의자, 테이블, 온갖 식기류, 심지어 이것들을 담아놓는 박스까지. 가격을 들으면 두 눈이 커질 정도로 놀라게 되고, 마치 캠핑이 좋은 장비를 갖추는 것부터 시작된다는 생각이 들기까지 한다. 두말하면 입 아프지만 좋은 캠핑을 하기 위해선 장비, 도구 같은 외적인 요소가 분명 중요하다. 하지만 그 여정의 시작점엔 또 다른 요소가 자리하고 있다. 바로 일기예보다.

항상 날씨와 기온을 파악하는 게 먼저다. 내 주변엔 기상청의 예보만 믿고 있다가 캠핑 중 갑작스레 비를 만나는 등 변덕스러운 날씨로 인해 스트레스를 많이 받은 분이 있는데, 이분은 이제 일기예보를 확인하는 걸 넘어서 비구름의 이동 경로를 보여주는 서비스를 통해 강수 확률을 스스로 예측하고 그에 맞는 캠핑 전략을 세우는 수준에 이르렀다. 현 상황을 파악하고, 앞으로 벌어질 상황을 예측하고, 어떻게 대응해야 할지 고민한 후 행동한다. 나는 기분을 대하는 것도 이와 마찬가지 원리라고 생각한다.

우리네 기분과 날씨는 유사한 속성을 많이 가지고 있다. 먹구름이 낄 수 있다. 폭우가 내릴 수도 있다. 내가 원하는 날씨가 아니라고 쓸모없이 치부할 수도 없는 노릇이다. 비가 내릴 땐 우산이 필요하고, 추울 땐 보온이 되는 옷이 필요하다. 궂은 날씨 앞에 우산도 없이 화창한 날씨를 대하듯 행동하는 건 어리석은 일이다.

내 기분이 어떤 상태인지 제대로 파악하고 나면, 그에 적합한 행동을 하기에 수월해진다. 화가 나더라도 누군가는 자신이 느낀 감정을 충분히 소화한 후 자기 생각을 명확하게 전달하지만, 누군가는 짜증 섞인 말을 화풀이하듯 그저 배출하기만 한다.

일그러진 모양이어도 좋아, 이게 내 기분이니까

지금 당신의 기분과 기분이 망가진 이유를 마주하는 일은 괴롭고 아플 수 있다. 하지만 그럼에도 당신이 나서지 않으면 아무도 이 영역에 도달할 수가 없다. 당신의 기분을 어떻게 처리하든 그건 당신 자신에게 달려있음을 기억하라. 일그러진 모양이어도 그게 지금 당신의 기분이라면, 전환하려고 애쓰기 전에 한 번은 꼭 안아주자. 지금 당신이 느끼는 이 기분이 절대 나쁜 게 아니라는 것. 지극히 자연스러운 감정이라는 것. 이상한 게 아니니 괜찮다는 것. 이걸 인정하는 것만으로도 참 많은 위로가 된다.

Point

지금 당신이 느낀 기분에 대해서 솔직해져도 괜찮다. 잘 파악해야 제대로 표현할 수 있고, 올바르게 전달할 수 있다. 일그러진 모양이어도 그게 지금 당신의 기분이라면 한 번은 꼭 안아주자. 세상에 나쁜 기분은 없으니까. 나를 찾아가는 여정은 이걸 인정하는 것에서부터 시작한다.

Chapter2
나보다 내 기분을 잘 아는 사람은 없다는 걸 기억할 것

02
자기감정은
자기가 처리할 시간을
갖는 게 더 좋다

슬픔을 느끼는 순간은 특별하다

나는 슬픈 기분을 추스를 줄 아는 사람이 정말 강한 사람이라고 생각한다. 이건 정말 누가 도와준다고 정리가 되는 감정이 아니기 때문이다. 우리는 매일 다양한 기분을 느끼며 살고있지만, 슬픔을 느끼는 순간은 유독 특별하다. 기쁨은 여러 사람과 나누고 싶고, 화가 나면 그 대상에게 분노하고 싶지만 슬품은 혼자 이 감정을 소화해낼 시간이 절대적으로 필요하다.

친구의 눈물을 대하는 이효리의 자세

언젠가 이효리 씨가 방송에 나와서 한 말을 듣고 공감이 돼서 메모를 해둔 적이 있다. JTBC 예능 프로그램 <캠핑클럽>에서 핑클 멤버들이 캠핑의 마지막 일정을 보내던 중이었고, 멤버들과 함께한 여정에 대한 소회를 나누고 있었다. 서로 이야기를 나누던 중 울컥한 옥주현 씨가 눈물을 보이게 되었는데, 그런 모습을 멤버들에게 보여주고 싶지 않았는지 얼른 캠핑카 뒤로 숨어버렸다. 나머지 핑클 멤버들은 그런 옥주현 씨를 따라가서 달래거나 요란스럽게 행동하지 않았다.

그들이 한 것은 단 하나, 옥주현 씨의 눈물이 그칠 때까지 기다려주는 것뿐. 친구의 눈물을 대하는 멤버들의 자세가 인상 깊었다. '자신의 감정에 대해선 자기가 스스로 처리할 시간을 주는 게 좋다'라는 말에 모든 멤버들이 공감했다.

혼자 감정을 처리할 시간이 필요하다

　슬픔을 마주하는 건 몇 번을 해도 익숙해지지 않는 일 중에 하나다. 지독할 정도로 낯설고 항상 힘이 든다. 정말 너무 슬플 날엔 타인에게 아무것도 공유하고 싶지 않은 날도 있다.

　느닷없이 눈물이 흐를 때도 사실 이유는 있다. (물론 자기 자신은 그 이유를 알고 있고) 왜 눈물이 나는지 모르는 게 아니라, 그냥 왜 그런지 말하고 싶지 않을 뿐이다. 그럴 때일수록 혼자 보내는 시간이 필요하다.

　눈물이 나면 눈물을 흘리고, 아무 생각도 하고 싶지 않으면 한참 멍을 때리는 것도 좋다. 이렇게 한참 울고 나면 기분이 한결 나아지는 걸 경험하기도 한다. 눈물을 흘린다고 상황이 바뀌거나 문제가 해결되는 건 아니지만, 감정에 솔직해질 수 있다는 건 우리가 가진 축복 중에 하나다.

　감정의 밑바닥을 본 당신이 할 일은 명확하다. 자신의 감정을 인정하는 것. 있는 그대로 바라보는 것. 마음이 원하는 형태로 표현하는 것. 그것으로부터 얻을 수 있는 해방감을 충분히 누리는 것.

그렇게 감정을 충분히 쏟아내고 스스로 처리할 시간을 보내고 나면, 다시 일어선 당신은 한층 더 성숙한 마음을 가지게 될 것이다.

Point ||||||||||||||||||||||||||||||||||||||||||||||||||||||||

슬픔을 마주하는 건 몇 번을 해도 익숙해지지 않는 일 중에 하나지만, 슬픔을 느끼는 순간은 여러 감정들 중에서 유독 특별하다. 자신의 감정을 스스로 처리할 시간이 절대적으로 필요하기 때문이다. 감정의 밑바닥을 본 당신이 할 일은 명확하다. 자신의 감정을 인정하고 있는 그대로 바라보는 것. 그것으로부터 얻을 수 있는 해방감을 충분히 누리는 것이다.

||||||||||||||||||||||||||||||||||||||||||||||||||||||||||||||||||||||||||||||

03

스트레스는
이겨내는 게 아니라
잘 피하는 것이다

강한 놈, 오래 버티는 놈, 잘 피하는 놈

승리를 손에 거머쥐는 방법은 다양하지만, 큰 맥락은 동일하다. 상대방을 쓰러뜨리는 K.O승부터 마지막 라운드까지 버텨내서 얻어내는 판정승까지. 이런 승부의 세계에선 누가 링 위에 마지막까지 서 있느냐가 가장 중요한 조건이고, 대부분의 플레이어들은 더 강해지기 위해, 그리고 더 오랫동안 자신의 실력을 발휘하기 위해 훈련과 연습을 게을리하지 않는다. 하지만 '스트레스의 세계'에선 위와 같은 승리의 조건이 통하지 않는다. 스트레스와의 승부에선 상대방을 쓰러뜨리는 것도 마지막까지 버텨내는 것도 불가능하기 때문이다.

'도망치거나 피하면 지는 게 아닐까?'라는 생각에 사로잡혀 어떻게든 주먹을 휘둘러보지만, 스트레스를 향한 대부분의 펀치는 헛수고가 되기 마련이다. 형체가 없고, 물리적인 공격도 통하지 않는 존재와의 대결이니 그럴 수밖에. 적어도 이 영역에서만큼은 강한 놈보다는 오래 버티는 놈, 오래 버티는 놈보단 잘 피하는 놈이 더 승리에 가깝다.

스트레스로 인해 기분이 엉망이 됐다면 얼른 내려놓는 것도 용기다. 아니, 조금 더 노골적으로 표현하면 그것으로부터 도망쳐도 된다는 말이다. 스트레스의 크기가 어느 정도인지를 논하기 전에, 얼마나 오랫동안 스트레스를 껴안고 있었는지 질문을 해보라. 당신의 기분을 망치는 건 이미 오래전부터 짊어지고 있던 스트레스일 가능성이 크다. 참으면 병난다. 죽을 수도 있고. 스트레스는 이겨내는 게 아니라 잘 피하는 것이다.

그래, 그럴 수도 있지 뭐

직장 생활을 한 지 10년이 가까워져 왔을 즈음, 이젠 웬만한 일에는 놀라지도 않고 감정을 겉으로 표현하지도 않게 된 나를 발견하게 됐다. 그저 혼자 스트레스만 잔뜩 받다가, 그걸 처리할 방법을 가지고 있지 못해서 상처가 생기더니 결국 마음이 고장 난 것이다.

드라마 〈닥터스〉에는 이런 대사가 나온다.

"누군가 그러더라. 인생은 폭풍이 지나가는 것을 기다리는 게 아니라 그 빗속에서 춤추는 법을 배우는 거라고."

나는 스트레스를 대하는 우리네 태도가 이런 모습이면 좋겠다는 생각을 한다. 거센 비바람과 파도를 맞서서 버텨내는 게 아니라, 그 앞에서 가장 유연한 모습으로 폭풍을 비껴가는 것이다.

힘든 순간이 연속될 때 우연히 발견하게 된 건데, 언젠가부터 나에게 스트레스를 주는 요소가 생기거나 힘들게 하는 사람이 나타났을 땐 이 주문을 속으로 외우기 시작했다.

"그래, 그럴 수도 있지 뭐."

이 문장이 입버릇이 되고부턴 '저 사람이 왜 저렇게 행동하는지, 지금 이 상황이 무엇 때문에 발생한 건지'와 같은 원망 섞인 생각으로부터 제법 자유롭게 사고할 수 있게 됐다. 타인과 상황으로부터 자유로워지는 연습이 시작된 것이다. 더욱 놀라운 건, 누가 가르쳐준 것도 아닌데 내 친한 친구들 또한 '그래, 그럴 수도 있지 뭐'라는 문장을 꽤 사랑하고 있었다는 것이다.

한 발자국 떨어져 관망하는 태도를 지닌다는 건, '될 대로 되라'는 식으로 포기하라는 말과는 차원이 다르다. 이건 스트레스의 폭풍 앞에서 음악을 트는 일이다. 이 음악 덕분에 빗속에서 추는 우리의 춤은 꽤 멋진 공연이 된다.

행복의 가장 밑바닥엔 편안한 마음이 자리 잡고 있어

우리는 '스트레스를 푼다'라는 표현을 자주 사용한다. 기본

적으로 다른 요소를 통해 스트레스를 상쇄할 수 있을 거라는 믿음이 깔려있는 것이다.

스트레스를 '커다란 바위'라고 가정하고, 우리가 이 바위를 어깨에 짊어지거나 들고 있어서 힘들다는 걸 깨달았다면 해야 하는 행동은 간단하다. 바위를 내려놓는 것이다. 바위를 짊어진 채로 물을 마시거나, 시원한 그늘에 서 있는다고 바위가 가벼워지는 게 아니다.

나는 정신적으로 건강한 사람일수록 바위(스트레스)를 부수려고 애쓰거나 오래 들고 있으려고 발버둥 치기보단, 적절한 때에 잘 내려놓았다가 필요한 때에 다시 들어 올릴 수 있어야 한다고 생각한다.

언젠가 JTBC 시사/교양 프로그램 <차이나는 클라스>에 출연한 홍진경 씨가 '행복이란 무엇일까?'라는 질문에 대해 이런 답변을 한 적이 있다.

"행복이란 자려고 누웠을 때 마음에 걸리는 것이 하나도 없는 것."

스트레스라는 바위를 잠시 내려놓고 홀가분해진 상태를 우리는 '행복'이라고 부른다. 행복은 더 많은 것을 손에 쥐었을 때 시작되는 게 아니라 마음이 편안할 때 시작된다. 행복의 가장 밑바닥엔 편안한 마음이 자리 잡고 있는 것이다.

당신이 살아가는 동안 스트레스로 자신을 망가뜨리고, 마음 이곳저곳 상처를 입히면서까지 지켜내야 할 것은 많지 않다. 스트레스를 잘 피하고, 무엇보다 자신의 마음을 지켜내도록 하자.

Point

스트레스와의 승부에선 상대방을 쓰러뜨리는 것도 마지막까지 버텨내는 것도 불가능하다. 적어도 이 영역에서만큼은 강한 놈보다는 오래 버티는 놈, 오래 버티는 놈보단 잘 피하는 놈이 더 승리에 가깝다. 스트레스를 잘 피하고, 무엇보다 자신의 마음을 지켜내도록 하자. 행복은 마음을 편안한 상태로 만드는 것에서부터 시작된다.

Chapter2
나보다 내 기분을 잘 아는 사람은 없다는 걸 기억할 것

04
나만 멈춘 것 같은
기분이
들 때가 있다

나를 어수선하게 하는 속임수, 조급함

막 서른이 되었을 때였던 걸로 기억한다. 스물아홉에서 서른이 된다는 게 뭐 대수로운 일이라고, 참 유난스럽게도 의미 부여를 했다. 그저 한 해가 지나고 새로운 해를 맞이하는 것일 뿐인데 말이다.

직장 생활에 적응하고 열심히 일하느라 정신없이 지나간

20대를 회고할 겨를도 없이, 덜컥 앞자리 숫자가 바뀌어버린 나이 때문에 마음이 조급해지기 시작했다.

모아놓은 돈도 별로 없었고 결혼과 출산, 육아와 같이 고민을 해보지도 않은 영역에 대한 선택지를 이즈음부턴 온갖 사람들이 본격적으로 들이밀기 시작했다. 그런 질문들의 초입에는 항상 '언제'라는 단어가 붙었고, 시기적으로 '지금 나의 시점'이 중요하다는 것을 느끼게 했다.

이렇게 내 안에서 생겨난 조급함과 타인에 의해서 주어진 시급성이 어우러져, 30대를 맞이하는 내 머릿속은 온통 혼란으로 가득했다. 이런 마음을 대변하는듯한 말이 애니메이션 <Peanuts>에 나온다.

"지구 좀 멈춰줘. 나 내리고 싶어."

이런저런 이유로 이 시기의 나는 참 불안했다. 직장 생활이나 인간관계가 직접적으로 흔들린 건 아니었다. 그저 내 마음이 어수선했을 뿐. 지금부터 무언가 새로 시작하기엔 너무 늦은 거 같고, 돌이켜보니 이루어놓은 것도 별로 없었다. 그렇다고 이 와중에 아무런 행동도 하지 않는 건 내 마음을 더욱 불안하게 만들었다.

인생에 대한 사용설명서나 나이대별 가이드라인이 있는 것도 아닌데, 마치 내가 그것을 잘 따라가지 못하거나 혼자 늦은 것 같은 기분이 들었다. 쫓기는 듯한 기분은 나의 마음을 불안하게 만들기에 충분했다.

나만 멈춘 것 같은 기분이 들 때가 있다

기분은 일시적이고, 속도는 상대적이다. 지금 느끼는 감정은 지나가는 것이고, 누구나 자신에게 가장 적합한 속도가 있다. 나만 늦은 것 같은 기분, 나만 멈춰있는 것 같은 기분에 속지 마라.

물론 누군가는 먼저 저 멀리 치고 나갈 수 있다. 입학, 자격증 취득, 취업, 이직, 승진, 결혼, 재테크 등 목표가 되는 여러 영역에서 빠른 속도로 성과를 내는 사람도 있을 수 있다. 하지만 사람 일만큼 예측 불가능한 게 또 있을까. 수년간 목표로 삼았던 회사에 들어가 불과 1년도 채우지 못하고 퇴사를 하는 경우도 있고, 언젠가 투자했던 조그만 기업이 훗날 크게 성공할 수도 있다. 마지막 도전이라고 생각한 시험에서 합격을 하는 사람도 있고, 건강하던 사람이 하루아침에 세상을 떠날 수도 있다. 미리 준비한다고 모든 걸 완벽하게 해낼 수 있는 게 아니고, 빨리 달려 나간다고 결승지점에 반드시 먼저 도착하는 게 아니라는 말이다.

속도는 단순히 '빠르기(속력)'만을 뜻하는 게 아니라 방향까지 포함하는 개념이다. '자신만의 속도가 있다'라는 말은 그래서 위로와 안정감을 준다. 속력이 낮더라도 내 방향을 따라 제대로 나아가면 된다는 거니까.

인생은 완주할 수 있는 '속력'을 유지하면서 제대로 된 '방향'을 찾아가는 여정이다. 그러므로 세상에 나쁜 속도는 없다. 속력이 느려도 제대로 된 방향으로 나아가고 있다면 그게 당신에게 가장 좋은, 그때에 적합한 속도인 것이다.

드라마 <낭만닥터 김사부>에서 한석규 씨가 이런 말을 한다.

"살다 보면 시간이 한참 지난 뒤에야 비로소 보이는 것들이 있다. 나한테 왜 그런 일이 생겼는지, 왜 그런 인연을 만난 건지, 왜 그런 우연이 일어났는지. 대수롭지 않게 지나갔던 순간들이 하나씩 하나씩 의미를 갖기 시작하고, 어느 순간 길이 되기 시작했다."

무엇보다 당신의 인생이 다른 사람과의 속도 경쟁이 아니라는 것을 반드시 기억하라. 애초에 다른 사람과 당신은 방향이 다르기 때문에 속도가 같을 수 없다. 당신은 당신에게 가장 적당한 속도로 끝까지 자신의 길을 가면 된다.

자신의 페이스를 되찾는 일

페이스pace가 흔들렸다면 다시 호흡을 가다듬을 수 있는 '자신만의 방법'을 갖는 게 필요하다.

나는 머릿속이 어수선하거나 멈춘 것 같은 기분이 들 땐, 주말 낮 스타벅스에 가는 걸 좋아한다. 샷을 잔뜩 추가한 커피를 주문한 후 공부하는 사람들 사이에 끼어 책을 읽곤 하는데, 자신의 목표를 향해 열심히 나아가는 사람들 옆에 있다는 사실만으로도 자극이 되고 재충전이 된다. 누가 시킨 것도 아닌데 자신의 의지로 공부를 하는 사람들 그리고 목표한 것을 이루기 위해 자신의 속도대로 차근차근 나아가는 사람들을 보고 있으면 나 또한 지금 무엇을 해야 할지 발견하게 된다.

마라톤에 비유하자면 옆에서 누가 같이 달려줘야 페이스를 유지할 수 있는 사람이 있고, 자신만의 호흡법을 통해 속도를 조절하는 사람이 있다. 완주를 위한 체력을 비축하는 방법이 각자 다르고, 흔들리는 페이스를 정돈하는 방법도 다양하다.

새는 하늘에서 가장 빠르게 이동할 수 있고, 물고기는 물속에서 가장 편안하게 이동할 수 있다. 리듬을 잃어버린 페이스를 되찾기 위해 어떤 방법이 당신에게 가장 좋은지 고민을 시작하라. 완급조절을 잘하는 사람이 목표한 바를 이룰 수 있다.

당신을 조급하게 만들거나 어수선하게 만드는 말들이 있다. 마치 당신만 멈춰있는 것 같은 기분이 들게 하는 그런 말들에 속지 마라. 지금 느끼는 감정은 반드시 지나가고, 누구나 자신에게 가장 적합한 속도가 있다. 흔들린 페이스를 되찾기 위해 어떤 방법이 당신에게 가장 좋은지 고민을 시작할 것. 완급조절을 잘하는 사람이 마침내 목표한 바를 이루어낸다.

05
지우고 싶은 기억은
누구에게나
있다

외면하려고 하면 할수록 진해지는 것

스스로도 납득하기 어려운 상황이 발생한 날에는 하루 종일 기분이 엉망이다. 한 발자국 떨어져 돌이켜보면 어이가 없는 실수를 했을 때도 있었고, 내 의도와 상관없이 안 좋은 상황이 발생한 경우도 있었다. 이런 기억의 파편들은 꽤 오랫동안 마음을 괴롭힌다. 외면하려고 애를 쓰면 쓸수록 더욱 잊기 어려워진다는 게 기억이 가지고 있는 아이러니다.

내가 사회생활을 처음 시작했던 초년생 시절에는 자존감이 바닥을 쳤었다. 자신감을 가지고 시작했던 일도 원하는 결과가 나와주지 않았고, 온갖 멍청해 보이는 실수란 실수는 다 했다. 내용을 작성하지 않은 이메일을 거래처에 발송하는 것부터 중요한 발표 자료에 데이터를 잘못 기입하거나, 대표님이 요청했던 사항을 누락하는 일까지. (하나하나 나열하자면 끝이 없다) 내가 이렇게 바보였나 싶은 생각이 들 정도였으니까. 문제는 그날의 기억이 스스로를 계속 자책하게 만들었고, 제법 오랜 기간 나를 괴롭혔다는 것이다. 얼른 떨쳐내고 눈앞에 있는 새로운 일에 집중해야 한다고 생각은 했지만 그게 참 쉽지 않았다. 과거의 일일 뿐인데도 기억이라는 건 점점 선명해져 내 마음을 혼란스럽게 했다.

인간은 다양한 경험을 하고, 그것들을 기억하며 살아간다. 좋든 싫든 그것들로부터 완전히 자유로워지기는 어렵다. 아, 적어도 기억에 한해선 자유로워지기 어렵다는 말보다는 불가능에 가깝다는 표현이 조금 더 정확할지도 모르겠다. 기억은 깨끗하게 지우는 게 불가능한 영역이기 때문이다. 추억할만한 좋은 기억이 많다면 감사한 일이지만, 잊고 싶은 기억이 많은 경우엔 이것만큼 괴로운 일도 없다.

일의 끝을 항상 즐거운 기억으로 만들기

2016년, MBC 예능 프로그램 <무한도전>에서 '나쁜 기억 지우개'라는 이름으로 기획된 특집 방송을 내보낸 적이 있다. 유재석 등 멤버들이 전문가를 만나 상담을 받았고, 이후 멤버들이 거리에 설치된 천막 안에서 시민들을 만나 고민을 들어주는 방식으로 진행됐다. 해당 회차의 오프닝은 이런 문장으로 시작한다.

'숨 가쁜 오늘, 벅찬 내일. 어제와 같은 오늘이 또다시 흘러가고 있습니다. 시간은 빠르게 흘러 과거가 되지만 기억은 우리 안에 영원히 갇혀 있습니다. 시험, 면접, 사업, 연애, 가족, 대인관계. 그 안에서 당신이 겪었을 마음의 상처. 당신에게도 나쁜 기억이 있습니까?'

기억이라는 게 단순히 종이에 적고 지우개로 문지른다고 지워지는 건 아니지만, 기억과 기분을 다루는 방식에 대해서 생각할 거리를 던져주는 내용들이 있었다. 그중에서도 매일매일 불안감과 부담감으로 힘들다는 광희의 고민을 들은 윤태호 작가의 말이 인상 깊었다.

"사소한 것일지라도 일의 끝을 항상 즐겁게 만드세요. 그래야 일을 대할 때 행복해질 수 있어요. '무한도전 녹화의 끝'을 기억할 때마다 항상 괴롭고, 힘들고, 형들한텐 미안함의 연속이고, 자신의 역할에 대해서 불신을 가지는 것보단 집에 와서 맛있는 음식을 먹는 그런 사소한 이벤트까지 포함해서 '내일의 끝'이라고 생각하면, 조금은 달라지지 않을까요? 자기 자신을 보호하는 방법을 가지는 것도 중요해요."

당신의 오늘이 중요하다

위에서 말한 것처럼 우리의 기분을 망치는 나쁜 기억을 없애는 건 사실상 불가능한 일이다. 무시하려고 노력하더라도 그것 또한 쉽지 않은 일이기도 하고. 그렇기 때문에 머리를 스치는 수많은 생각들 중에서 무엇을 더 의미 있게 기억하느냐가 중요하다.

기억의 끝에 즐거움을 더해 좋은 기억으로 남기거나, 행복한 기억을 더 많이 쌓아가며 살아갈 수 있기를 바란다. 오늘 당신의 기분이 어떤지가 중요한 것처럼, 당신의 오늘이 어떻게 기억되는지도 중요하다. 지나간 날 못지않게 앞으로 기억될 '당신의 오늘'도 중요하다는 것을 잊지 말자.

Point

외면하려고 하면 할수록 진해지는 것이 있다. 바로 기억이다. 기억 중에서도 안 좋은 것들은 꽤 오랫동안 마음에 박혀 우리를 괴롭힌다. 그래서 기억의 끝을 즐거움으로 만드는 작업이 더욱 중요해진다. 지금 이 기분과 오늘의 기억이 쌓여 당신의 삶이 된다. 당신의 인생을 행복으로 채우기 위해 사소한 것일지라도 일의 끝을 항상 즐겁게 만들자.

06
사소한 것에
무너지면
아무것도 해낼 수 없다

생각이 너무 많을 때 생기는 일

　나는 마음의 맷집이 약한 편이다. 생각이 많다 보니 금방 예민해지고, 머릿속이 복잡해질수록 아무렇지 않게 넘길 수 있었던 일들도 점점 무시하지 못하게 된다. 내 성향 자체가 워낙 조심성이 많은 편이라 더 어려움을 겪는지도 모르겠다. 사소하다고 여길 정도로 조그맣던 생각이 눈덩이처럼 커지고 나면, 도저히 스스로 감당할 수 있는 문제가 아닌 것처럼 느껴지기 시작한다.

이렇게 생각이 많아지고 고민이 깊어질 때는 한참을 혼자 끙끙 앓다가 결국 사회생활 경험이 더 많은 형들에게 전화를 걸곤 한다. 주저리주저리 고민을 털어놓다 보면 스스로 정리가 될 때도 있지만, 사실 이 통화의 유익은 형들의 잔소리(?)에 있다. 보통 이런 고민들을 털어놓으면 혼이 날 때가 많다. 제발 걱정 좀 그만하라고. 그 정도 고민했으면 됐으니, 이제 좀 움직이라고.

흔들렸던 마음을 붙잡고 다시 살펴보면, 나를 힘들게 했던 문제의 크기가 실제로 커졌던 게 아니라는 걸 발견한다. 그걸 받아들이는 내 마음이 달라졌을 뿐. (이렇게 별거 아닌 문제를 그렇게 크게 느끼다니!) 여기서 달라진 건 '마음'뿐이라는 사실을 깨닫는 게 중요하다.

문제에 너무 집중하다 보면 사소한 것에 자꾸 걸려 넘어지게 되고, 이렇게 자주 넘어지게 되면 잘해낼 수 있는 일도 마무리할 수 없게 된다. 해결해야 하는 문제에 주목하는 건 필요한 일이지만, 그것에만 너무 몰두하면 시야가 좁아지게 된다.

빈손이라고? 파밍farming이라도 하지 뭐!

'나는 나의 길을 간다. 부정적인 생각을 버리자'라며 각오를 단단히 다지고 나아가더라도 넘어질 수 있다. 당연한 일이다. 한 번도 넘어지지 않고, 쉼 없이 완주할 수 있는 사람은 없다. 우리네 인생이 꽤 긴 여정이기 때문에 이 과정에서 다양한 변화를 경험한다. 단단한 뿌리를 가진 나무도 뽑힐 수 있고, 변하지 않을 것 같은 상황도 한순간에 바뀔 수 있다. 혹 열 가지 일 중에 두세 개 정도는 안 좋을 수도 있다. 이왕이면 시선을 잡아끄는 몇 가지 문제에 너무 집중해서 그것에 휘둘리기보단, 나머지 좋은 쪽에 주목하기로 결정하라.

만약 수많은 역경 속에서도 자신의 형태를 오롯이 유지하는 사람이 있다면, 그가 단단하거나 강해서가 아니라 모든 상황을 유연하게 받아들이고 상황에 맞게 움직일 줄 아는 사람이기 때문일 것이다. 그런 사람들은 넘어지더라도 절대로 그곳에서 의미 없는 시간을 보내거나 빈손으로 일어나지 않는다. 반드시 그다음을 꿈꾸게 하는 '무언가'를 양손에 쥐고 일어난다. 이런 사람의 경험은 밀도가 다르다.

게임 <배틀그라운드>의 게임 방식처럼 낯선 곳에서 빈손으로 시작한 상황이라도 어떻게든 이리저리 휘젓고 다니며 아이템을 주워 모으자. 승리는 이런 파밍farming 작업에서부터 시작된다.

Point ||||||||||||||||||||||||||||||||||||||||||||||||||||

생각이 많아지면 문제를 실제 크기보다 더 크게 느끼게 된다. 문제에 너무 집중하다 보면 사소한 것에 자꾸 걸려 넘어지게 되고, 이렇게 자주 넘어지게 되면 잘해낼 수 있는 일도 마무리할 수 없게 된다. 해결해야 하는 문제에 주목하는 건 필요한 일이지만, 그것에만 너무 몰두하면 시야가 좁아지게 된다. 열 가지 일 중에 두세 개 정도는 안 좋을 수도 있다. 이왕이면 시선을 잡아끄는 몇 가지 문제에 너무 집중해서 그것에 휘둘리기보단, 나머지 좋은 쪽에 주목하기로 결정하라.

||||||||||||||||||||||||||||||||||||||||||||||||||||||||||||||||||||||

07
불평은
또 다른
불만을 낳는다

불평하지 않기로 결정하기

불만은 익숙하고 불평은 쉽다. 불만족스러운 상황 앞에서 나를 위해 해야 하는 일은 아이러니하게도 불평을 하는 것이 아니라, 불평을 그만두는 것이다.

불평은 불만이 입 밖으로 꺼내어진 형태다. 그리고 그것은 언제나 사람이든 환경이든 대상을 필요로 한다. 입 밖으로 꺼내졌다는 건 주워 담을 수 없다는 걸 의미하고, 불평한다고 불만족이 해결되는 것도 아니며 당신의 불평을 들은 사람들이 취할 수 있는 행동은 몇 가지로 정해져 있다. 위로를 하거나, 맞장구를 치거나, 다른 사람에게 당신의 불평을 전달하거나.

불평을 중단하라는 말은 불만족스러운 상황을 애써 무시하라는 말과는 아예 다르다. 불평이 습관이 되는 걸 경계하라는 의미다. 우리의 삶은 편하고 익숙한 형태로 흘러가는 걸 좋아하기 때문에 누군가를 탓하거나 상황을 원망하는 쪽으로 결정을 내리기 쉽다. 문제를 해결하는 것보다 대상을 탓하는 게 더 쉬운 일이니까 말이다. 하지만 당신의 입에 불평이 가득하면 어딜 가든 그곳 또한 불평할 것들이 넘쳐나는 곳이 된다.

KBS 예능 프로그램 <대화의 희열 2>에서 이탈리아 유학길에 올랐던 조수미 씨의 일기가 공개되어 화제가 된 적이 있다. 그녀의 일기장은 세월의 흔적이 고스란히 담겨있었고, 로마에 도착한 첫날 1983년 3월 28일에 쓴 일기의 내용은 다음과 같다.

'어떤 고난이 닥쳐도 묵묵히 이겨내며 약해지거나 울지 않을 것. 절대 약하거나 외로운 모습을 보이지 않으며 늘 도도하고 자신만만할 것. 어학과 노래에 온통 치중할 것. 항상 깨끗하고 자신에 만족한 몸가짐과 환경을 지닐 것. 말과 사람들을 조심할 것. 말과 행동을 분명히 할 것. 절대 울지 않는다. 강하고 도도하게.'

22살의 조수미 씨가 타국에서 겪었을 차별과 무시를 우리는 감히 상상할 수 없다. 얼핏 둘러봐도 만족할 수 있는 이유가 없는 환경이었다. 하지만 그녀는 자신이 처한 상황에 불평하기보단 인생을 자신이 원하는 방향으로 이끌고 나가는 것에 에너지를 쏟았다.

불평이 가지고 있는 단점이 많아서 여러 가지를 나열할 수 있지만, 그중에서도 가장 안 좋은 건 당신이 '불평이 많은 사람'으로 주변 사람들에게 소비되기 시작한다는 것이다. 불평 가득한 사람이 되면 받을 수 있는 도움도, 얻을 수 있는 친절도 따라오지 않게 된다.

불평을 할 줄 몰라서가 아니라, 하지 않기로 결정하는 것. 그것이 지금의 조수미 씨를 만들어낸 비결인 게 분명하다.

불평이라는 땅 위에선 예쁜 꽃을 피워낼 수 없다

SNS에서 크게 화제가 됐던 글이 있다. '92세 할머니의 인생 조언'이라는 제목으로 공유가 된 글이었는데, '마지막에 웃는 자가 최후의 승자다'라는 케케묵은 표현을 한 번에 뒤집어버리는 문장이어서 많은 사람들의 공감을 얻었다.

"나는 마지막에 웃는 놈이 좋은 인생인 줄 알았다. 근데, 자주 웃는 놈이 좋은 인생이었어."

인생은 작은 조각들이 모여 구성된 것이라는 걸 기억하라. 행복은 한곳에 담아두고 언제든 필요에 따라 꺼내 쓸 수 있는 게 아니라, 지금 누려야 하는 것이다. 불평할만한 것들에 집중하는 게 아닌, 바로 지금 이 순간의 행복을 쌓아 올리는 것에 몰두할 것. 그게 행복한 인생을 위한 밑그림이 된다.

인생을 자세히 들여다보면 삶의 매 순간순간이 힘들고 어려웠던 것 같다. 하지만 돌이켜 생각해 보면 10대 때는 그때에만 누릴 수 있었던 즐거움이 있었고, 20대 때는 20대 나름의 재미가 있었다. 30대 때에도 30대 특유의 여유와 행복이 있고, 40대와 50대 그리고 그 이후에도 언제나 '그때가 좋았지'라고 회고할 것이다. 우리 인생은 돌이켜보면 언제나 좋은 것이다. 당신이 지금 겪은 모든 것은 행복의 기초가 되고, 경험이 되고, 즐거움이 되어 있을 것이다. 그게 당신의 인생이다.

좋은 생각을 하기로 결정하자. 행복해지기로 결심하자. 불평이라는 땅 위에선 예쁜 꽃을 피워낼 수 없다.

날마다 새로운 아침을 맞이할 것

상황을 탓하거나 사람을 원망하기 시작하면 새로운 것을 시도하기 어려워진다. 수동적인 태도는 능력을 발휘하기 어려운 상황을 초래한다.

불평만 하다가 아무것도 하지 않는 사람이 있는 반면, 모두가 늦었다고 말하는 나이에도 자신이 원하는 걸 거뜬하게 이루어내는 사람이 있다. 부정적인 생각에 사로잡혀 있는 사람이 있는 반면, 언제나 새로운 꿈을 꾸고 가능성을 실험하는 사람이 있다. 전자와 후자는 시간이 지날수록 격차가 크게 벌어진다. 품위 있는 삶은 자신의 인생을 주도적으로 끌고 가는 것에서부터 시작된다.

자신의 가능성을 믿어줄 것.
하루씩 늙는 게 아닌 날마다 새로운 아침을 맞이할 것.
변화하는 당신의 모습을 사랑할 것.
지금 하고 있는 일을 사랑할 것.
오늘 행복해야 한다는 사실을 잊지 말 것.
마음속에 있는 꿈을 무시하지 말 것.

　　이게 당신이 견지해야 할 삶의 태도다.

불만족스러운 상황 앞에서 자신을 위해 해야 하는 일은 아이러니하게도 불평을 하는 것이 아니라, 불평을 그만두는 것이다. 상황을 탓하거나 사람을 원망하기 시작하면 새로운 것을 시도하기 어려워진다. 수동적인 태도는 능력을 발휘하기 어려운 상황을 초래한다. 좋은 생각을 하기로 결정하자. 행복해지기로 결심하자. 자신의 가능성을 믿어주자. 지금 하고 있는 일을 사랑하자. 불평이라는 땅 위에선 예쁜 꽃을 피워낼 수 없다.

||||||||||||||||||||||||||||||||||||||||||||||||||||||||||||||||||||||||

08
마음이 지치면
모든 게
배가 된다

쉽게 가벼워지지 않는 마음의 짐

드라마 <청춘시대>에서 한예리 씨가 이런 독백을 한 적이 있다.

"소리 내어 울고 싶을 때가 있다. 누군가 내 울음소리를 들어줬으면 싶을 때가 있다. 듣고서 괜찮다고 말해줬으면 좋겠다. 내 잘못이 아니라고 토닥여줬으면 좋겠다."

유난히 마음이 지치고 힘든 날이 있다. 차라리 밤을 새우든, 열심히 노력을 해서라도 해결될 일이면 좋겠다는 생각이 들 정도로. 이렇게 마음이 크게 흔들려버린 날엔 스스로도 이 기분을 감당하기 어려워 꽤 애를 먹는다. 쉽게 가벼워지지 않는 마음의 짐 특성상 떨쳐내는 게 어렵기도 하고.

특히 마음이 조금이라도 불편하면 여러 영역에서 티가 많이 나는 사람들이 있다. 표정부터 말투, 업무의 성과까지. 외면하고 싶은 생각과 기분을 마주하고 나면 어김없이 마음이 지치고, 마음이 지치면 피로감과 스트레스가 배가 된다.

모든 게 완벽하게 준비된 순간은 없다

남다른 책임감을 가지고 있거나 완벽주의 성향을 가진 사람들은 일, 생각, 말의 무게를 다른 사람들보다 더 크게 느낀다. 책임을 다하는 태도는 분명 중요한 것이지만, 스스로를 옭아맬 때가 얼마나 많은지 모른다. 이렇게 잘 해내고 싶어 순수하게 노력하던 사람들이 오히려 빨리 지치고 무기력한 상태를 경험하기 쉽다.

예전에 다녔던 회사에서 있었던 일이다. 입사 후 반년 즈음 지났을 때였다. 이 정도 시기가 되면 회사 안에 존재하는 비효율이 눈에 띄기 시작하고, 이해가 안 되는 의사결정을 발견하기도 한다. 나에게 주어진 자원이 어느 정도인지 깨닫게 되고, 회사가 기대하는 것과 내가 해낼 수 있는 것 사이의 간격을 보며 괴리감을 느끼기도 하는 시기다.

여느 스타트업과 마찬가지로 월 1회 전사 직원이 한곳에 모여 타운홀 미팅을 진행하는 날이었다. 우리 회사는 타운홀 미팅 때마다 입사 n주년을 맞이한 사람들이 나와서 자신의 소회를 전하는 코너가 있었는데, 회사의 창업 멤버로 합류했던 디자이너가 소감을 말하러 나왔다. 우리 회사는 워낙 의사결정의 번복도 많은 편이었고, 디자이너라는 업 특성상 시안을 n차까지 작성하는 일이 꽤 빈번했으리라 생각한다.

타운홀 미팅에 참여해본 사람들은 알겠지만, 사실 그렇게 집중도가 높지 못하다. 참석한 인원이 많기도 하고, 점심 식사

직전에 진행하는 경우가 많아서 배고프고, 졸리고, 귀찮고, 허리도 아프다. 나도 얼른 이 지겨운 행사가 끝나기만을 기다리는 중이었다. 그런데 바로 그때 내 귀를 사로잡는 문장이 있었다.

"안녕하세요. OOO입니다. 입사 8주년이 되었네요. 시간이 참 빠릅니다. '모든 게 완벽하게 준비된 순간은 없다'라는 제 인생 신조에 맞게 앞으로도 유연하게 여러 부서와 협업하며 좋은 결과물 만들어가고 싶습니다. 앞으로도 잘 부탁드립니다."

한 회사를 오랫동안 다닌 디자이너가 아직도 저렇게 유연한 태도와 마음으로 업무를 할 수 있다는 것, 그리고 '모든 게 완벽하게 준비된 순간이 없다'라는 게 자신의 모토라고 조곤조곤 설명하는 것도 멋있게 느껴졌다.

바로 그날, 이것저것 끌어안고 견고하게 버티던 내 세계의 일부분도 무너져내렸다. 인생은 항상 미완성이라는 것. 그리고 모든 것이 완벽하게 준비된 순간은 없다는 것. 그러니 우리가 할 수 있는 건 더욱 간단하고 분명하다.

그냥 하고, 해내는 것이다.

스스로를 애틋하게 여길 것

위 이야기처럼 무언가를 성취하고 싶지만 고민이 많아서 지쳐버린 사람들은 과감하게 실행력을 높이는 방향으로 상황을 돌파할 수 있다. 하지만 말 그대로 그냥 지쳐버린 사람들에겐 '하라. 할 수 있다. 해내라'라는 메시지가 그다지 도움이 되지 않는다. 오히려 비현실적이거나 폭력적으로 느껴질 수도 있기에 조심스럽기도 하고.

애니메이션 <마녀 배달부 키키>에는 '우르슬라'라는 화가와 주인공 마녀 '키키'가 이런 대화를 나눈다.

우르슬라
나도 그림이 안 그려질 때가 종종 있어.

키키
정말요? 그럴 땐 어떻게 해요? 사실 전에는 아무 생각을 안 해도 마음껏 하늘을 날 수 있었는데 어떻게 해야 날 수 있는지 지금은 전혀 모르겠어요.

우르슬라

그럴 때는 미친 듯이 그림을 그릴 수밖에 없어. 계속 그리고 또 그려야지 발버둥을 치는 거야.

키키

그래도 하늘을 날 수 없으면 어떡하죠?

우르슬라

그리는 걸 관두지. 산책을 하거나 경치를 구경하거나 낮잠 자거나 아무것도 안 해. 그러다가 갑자기 그림이 그리고 싶어지지.

무거운 마음의 짐을 오랫동안 들고 있을 수 있는 사람은 없다. 지쳤다면 더더욱 그건 불가능한 일이다. 혼자서 낑낑대지 말고 때로는 잠시 내려놓는 것도 하나의 방법이라는 것을 기억하라. 스스로를 애틋하게 여기고 위로하고 응원해 주자.

드라마 <사이코지만 괜찮아>에는 이런 대사가 나온다.

"잘 걷지도 못하면서 무작정 달리려고 하지 마요. 아프면 쉬고 슬프면 울고 그렇게 좀 주저앉아 있어도 돼요. 그러다 보면 다시 달릴 수 있는 날이 꼭 옵니다."

　　타인의 말이나 책, 영상을 통해 얻는 위로도 좋지만 나는 자기 스스로에게 주는 위로가 정말 필요한 위로라고 생각한다. 아프면 쉬고 슬프면 울고 잘했다면 머리도 좀 쓰다듬어 주면서 말이다. 지친 당신이 언젠가 꼭 다시 달릴 수 있는 날이 올 수 있기를 진심으로 응원한다.

Point ||||||||||||||||||||||||||||||||||||||||||||||||||||

무거운 마음의 짐을 오랫동안 들고 있을 수 있는 사람은 없다. 지쳤다면 더더욱 그건 불가능한 일이다. 혼자서 낑낑대지 말고 때로는 잠시 내려놓는 것도 하나의 방법이라는 것을 기억하라. 스스로를 애틋하게 여기고 위로하고 응원해 주자. 아프면 쉬고 슬프면 울고 잘했다면 머리도 좀 쓰다듬어 주면서 말이다. 지친 당신이 언젠가 꼭 다시 달릴 수 있는 날이 올 수 있기를 진심으로 응원한다.

||||||||||||||||||||||||||||||||||||||||||||||||||||||||||||||||||||||||||

09

후회도 제대로 해야
한 움큼 더
성장할 수 있다

후회는 그만큼 진심이었다는 증거

모든 기분에는 원인이 존재한다. 후회의 밑바닥에는 '바라고 원했던 것'에 대한 당신의 간절함이 자리 잡고 있다. 마음이 컸던 만큼 기대가 크고, 당신이 진심이었던 만큼 후회의 크기도 크다. 후회는 당신이 그만큼 진심이었다는 증거다.

나는 오늘도 다양한 후회를 했다. 우리 동네는 마을버스를 타야만 지하철역으로 갈 수 있는데, 이 버스의 배차 간격이 얼마나 사악한지 한 번 놓치면 20분 가까이 기다려야 한다. 평소엔 아이스 아메리카노만 마시다가 오랜만에 뜨거운 아메리카노를 주문했는데, 손에 쏟아서 얼마나 후회했는지 모른다. 오늘 했던 작은 후회들 외에도 회사를 그만두는 일 같은 인생의 큰 사건부터 사소하게는 영화를 선택하거나 메뉴를 고르는 일까지. 후회는 우리 곁에 가장 가까운 곳에 위치하고 있다. 짜장면의 후회가 언제나 짬뽕인 것처럼.

우리는 모두 크고 작은 후회를 하며 살아간다. 무조건 배척하거나 무시하는 게 아닌, 인생을 구성하는 것 중에 하나로 받아들이는 게 훨씬 더 합리적이다. 후회할 일이 생기더라도 그것으로 인해 당신이 망하는 건 아니다. 후회하는 마음이 생겨도 괜찮다. 삶의 어떤 일들은 후회라는 과정을 제대로 거치지 않으면 나중에 더 큰 후회가 되어 돌아오는 경우도 있기 때문이다.

그때로 돌아가도 똑같은 선택을 할 것이다

후회는 쓸모없는 것이라고, 하면 안 된다고. 후회 따위 해봐야 소용없다는 말을 어려서부터 참 많이 듣고 자랐다. 후회를 하지 말자는 마음을 먹었다고 안 할 수 있다면 얼마나 좋을까.

바둑 기사들은 한 번 두고 난 바둑의 판국을 제대로 살펴보기 위해 처음부터 끝까지 다시 놓으면서 복기하는 과정을 가진다. 실수를 깨닫고, 당시엔 발견하지 못했던 상대방의 빈틈을 발견하기 위함이다. 복기는 후회의 연속이다. 하지만 이 과정을 거치지 않으면 다음 대국을 제대로 준비하지 않는 것이나 다름없다. 이건 과장을 조금 보태서 승부를 포기한 행동이나 마찬가지다.

모든 경우의 수를 고려한 선택을 해도 각각의 선택에는 나름의 후회가 따라다닌다. 흥미로운 건, 그때로 돌아가도 당신은 똑같은 선택을 할 것이라는 사실이다. 그 선택이 그때의 당신에겐 최선이었기 때문이다. 최선의 선택이 최상의 결과를 항상 담보하는 건 아니다. 과거의 당신이 했던 최선의 선택이 어리석었다며 자신을 벼랑 끝까지 몰아붙이진 말자. 어떤 이유로든 많이 고민하고 선택했을 것이 분명하기 때문에 그에 대한 결과를 담담히 받아들이고 과정을 복기하는 게 훨씬 더 좋다. 최선의 선택을 하기 위해 애쓴 당신은 그 선택의 무게만큼 더 성숙해졌다.

마음을 오늘에 두는 연습

과거를 탓하거나 후회하는 일에 너무 심하게 매몰되면 '오늘'을 소홀히 대하게 된다. 마음이 항상 과거에 머물러있으면, 어제와 마찬가지로 오늘도 후회할 일을 만들게 된다. 그런 오늘이 쌓여 당신의 인생이 되는 것이다.

후회는 하되 심플하게. 더 나은 선택을 하기 위한 과정으로 간단하게. 어제보단 오늘을 위해 진심으로. 후회는 그렇게 하는 것이다. 부디 오늘을 살아가는 당신과 당신의 마음에 시차가 발생하지 않기를 바란다. '오늘'을 살아가는 사람만이 '내일'을 제대로 맞이할 수 있다.

후회의 밑바닥에는 '바라고 원했던 것'에 대한 당신의 간절함이 자리 잡고 있다. 마음이 컸던 만큼 기대가 크고, 당신이 진심이었던 만큼 후회의 크기도 크다. 후회는 당신이 그만큼 진심이었다는 증거다. 모든 경우의 수를 고려한 선택을 해도 각각의 선택에는 나름의 후회가 따라다닌다. 흥미로운 건, 그때로 돌아가도 당신은 똑같은 선택을 할 것이라는 사실이다. 과거를 탓하거나 후회하는 일에 너무 심하게 매몰되면 '오늘'을 소홀히 대하게 된다. 마음이 항상 과거에 머물러있으면, 어제와 마찬가지로 오늘도 후회할 일을 만들게 된다. 그런 오늘이 쌓여 당신의 인생이 되는 것이다. 마음을 오늘에 두는 연습을 하라.

||||||||||||||||||||||||||||||||||||||||||||||||||||||||||||||

10
나조차
감당하지 못할 정도로
화가 날 때가 있다

나 화가 많은 사람이었네

평소 같았으면 대충 넘길 수 있는 일인데도 유독 참기 힘들고 화가 나는 순간이 있다. 너무 오랫동안 참아와서 인내심이 바닥을 쳤을 수도 있고, 허용 범위를 초과하는 사건이 생겼을 수도 있다.

몇 년 전, 직장 상사와의 업무 스타일 차이로 트러블이 계속 발생하던 때가 있었다. 주말에 푹 쉬고 친구들과 맛있는 걸 먹고 나니 기분이 꽤 좋아졌지만, 월요일이 다가올수록 다시 마음 한편이 답답해지고 스트레스가 심해지고 있는 걸 느낄 수 있었다.

"이상하다. 분명 기분전환을 위해 온갖 노력을 다했는데, 왜 마음이 이렇게 힘들지?"

나는 비교적 참을성이 많은 편에 속한다고 생각했다. 그럼에도 얼굴이 붉어지는 걸 종종 느끼곤 했다. 이 기분, 분명 화난 게 틀림없었다.

누구나 마음속에 기준이 되는 선이 있다. 나 또한 그 기준선이 비교적 높은 곳에 위치하고 있어서 화가 나는 빈도가 적었을뿐, 화를 내지 못하거나 화가 나지 않는 사람은 아니었던 것이다.

당신 주변에도 여간해선 화를 안 내는 사람이 있을 것이다. 하지만 그 사람도 마음속으로 자주 화를 낸다. 짜증 섞인 말과 표정을 숨기는 일에 익숙할 뿐.

이해하더라도 화가 날 수 있다

나를 화나게 하는 사람의 상황을 이해하지 못하는 건 아니었다. 그 사람 또한 자신의 입장이라는 게 있고, 어쩔 수 없는 상황이라는 게 있을 테니까. 하지만 타인의 입장과 상황을 충분히 이해하더라도 화가 날 수 있다. 때로는 이해하기 때문에 더 화가 나는 경우도 있고.

이렇듯 분노의 형태는 다양하다. 이해할 수 없음에 답답해서 화가 나기도 하고, 이해가 되기 때문에 속상해서 화가 나기도 한다. 인정할 수 없어서 화가 나기도 하고, 이미 알고 있던 사실을 귀로 직접 듣는 순간 화가 날 수 있다. 사랑하기 때문에 걱정스러운 마음에 화가 나기도 하고, 증오의 마음이 커져서 화가 나기도 한다.

나는 누구에게나 친절의 총량이 있다고 믿는데, 어느 날은 유독 이 친절이라는 게 일찍 바닥나는 경우가 생긴다. 사회생활을 하거나 복잡한 인간관계를 헤쳐나가는 과정에서 사용되는 친절의 소모량이 꽤 크기 때문이리라. 그날의 친절이 끝나면 지독할 정도로 차가워지거나, 마음속의 분노가 커지거나, 침묵하게 되거나, 지쳐서 아무것도 할 수 없는 상태가 되기도 한다. 이 상태에선 홧김에 하는 말과 행동의 빈도가 늘어난다.

그렇기 때문에 당신이 받은 이해 또한 누군가의 친절로 인함을 항상 기억해야 한다. 바닥난 마음을 가지고도 타인에게 친절할 수 있는 사람은 많지 않다.

분노 표출에도 품격이라는 게 있다

자신이 느낀 감정과 기분을 표현하는 일에 충실한 건 좋은 일이라고 생각한다. 내 기분을 내가 챙기지 않으면 누구도 신경 써줄 수 없는 것이기도 하고, 나마저 표현하지 않으면 아무도 모르는 게 내 기분이니까. 하지만 화가 났고, 이것을 표현하는 게 자신을 위한 일이라도 주변 사람들에게 상처를 주는 일이 정당화될 수는 없다. 여러 기분 중에서 화를 표현하는 일에는 특히 신중해야 하는 이유가 여기에 있다.

화를 표현하는 것과 화풀이를 하는 것에는 큰 차이가 있다.

무언가가 자신의 경계선을 침범했을 때 불쾌감과 스트레스를 주변에 알리는 것은 자신을 지키는 중요한 요소가 되지만, 자신의 짜증과 힘듦을 타인에게 쏟아내듯 배출하는 방식으로 풀어내는 건 그 사람의 경계선을 침범하는 일이 되기 때문이다.

분노 표출에도 품격이라는 게 있다. 타인을 상처 입히는 화풀이는 안 하느니만 못하다. 누군가는 화난 마음으로 상황과 환경을 바꾸고, 사랑하는 사람을 지키고, 세상을 바꾸기까지 한다. 누구도 당신의 일방적이고 폭력적인 화풀이를 받아줘야 할 의무와 책임은 없다는 것을 기억하라.

분노 표출에도 품격이라는 게 있다. 화를 표현하는 것과 화풀이를 하는 것에는 큰 차이가 있다. 무언가가 자신의 경계선을 침범했을 때 불쾌감과 스트레스를 주변에 알리는 것은 자신을 지키는 중요한 요소가 되지만, 자신의 짜증과 힘듦을 타인에게 쏟아내듯 배출하는 방식으로 풀어내는 건 그 사람의 경계선을 침범하는 일이 되기 때문이다. 누구도 당신의 일방적이고 폭력적인 화풀이를 받아줘야 할 의무와 책임은 없다는 것을 기억하라.

||||||||||||||||||||||||||||||||||||||||||||||||||||||||||||||||||||||||||

11
지나고 나면
괜한 걱정일 때가
많다

지나고 나면 기억도 안 나는 것들

언젠가 한 번은 선배와 술을 한잔하다가 '작년 이맘때쯤엔 어떤 걱정이 있었나?'라는 주제로 이야기가 흘러간 적이 있다. 분명 국가적으로 발생한 큰 이슈들에 대한 걱정은 기억이 나는데, 개인적으로는 둘 다 어떤 걸 걱정했었는지 기억이 잘 나지 않았다. 놀랍게도(?) 그 대화는 '우리는 걱정이 별로 없는 사람이구나?'로 마무리가 됐다. 하지만 나중에 일기장을 슬쩍 들춰 보니 그때의 나는 온갖 크고 작은 걱정과 스트레스가 난무하던 시점이었다.

하루에도 수많은 걱정을 하며 살아가지만, 과거 어느 시점을 생각해 보면 그 당시의 고민은 느꼈던 크기보다 훨씬 더 작은 일이었다는 걸 깨닫는다. 어느새 잘 극복해냈거나 자연스럽게 피했다는 사실을 발견하기도 하고. 그 당시 큰 균열을 만들어낸 걱정들도 시간이 지나고 나서 보면 기억이 잘 안 날 정도로 사소한 것들이 대부분이었다.

생각해 보면 언제나 걱정의 연속이다. 불안과 두려움, 그로 인한 머뭇거림이 걱정이 되어 머릿속을 가득 채우곤 한다. 걱정은 입맛대로 골라서 하거나 완벽하게 피할 수 있는 게 아니고 중요한 시기에 반드시 당신 앞에 나타난다. 우리네 삶이 보통 그렇다. 나도 항상 걱정투성이고, 당신도 그럴 수 있다. 미지의 영역을 마주하거나 중요한 결정이라고 생각되는 지점에선 걱정이 커다란 괴물이되어 우리를 압도한다.

의미 있는 결과물을 만들어낸 사람들은 모두 이 걱정을 잘 처리해낸 사람들이라고 해도 과언이 아니다. 물론 걱정의 크기를 획기적으로 줄이거나 머릿속에서 완벽하게 털어낼 수 있는 공식이나 방법이 존재하진 않는다. 이것이 우리 인생의 모순이다. 원하지 않지만 계속 함께하고, 버리고 싶지만 기어이 끌어안고 살아가는 그런.

그렇기 때문에 그 걱정을 덜어내거나 작게 여기기 위한 자신만의 노하우가 필요하다.

걱정하지 말고 결심하라

걱정이 지속되면 속이 시커멓게 타버린다. 불현듯 찾아오는 고민과 걱정을 제때 흘려보내거나 처리하지 않으면 망가지는 건 당신의 마음이라는 걸 기억하라.

걱정의 크기가 일정 수준을 넘어가면 감당하기 어려운 형태로 둔갑한다. 걱정이 두려움이 되고 두려움이 머뭇거림이 되는 순간, 집중력이 흐트러지고 의도치 않은 실수가 발생한다.

때로는 아무것도 하지 않게 되거나 원하지 않는 결과를 초래하기도 한다. 걱정의 크기를 조절하는 연습이 필요한 이유다.

걱정이 우리를 지배하기 시작하면 그 무게로 인해 포기하거나 도망치는 쪽으로 결정하게 될 가능성이 크다. 감당할 수 있는 크기가 아니라는 생각이 들면 그대로 멈춰버리는 것이다.

걱정이 행동에 영향을 끼칠 수 있다는 사실은 이것을 잘 처리하기만 한다면 반대로 활용할 수도 있다는 것을 뜻한다. 걱정은 때로는 적당한 수준의 긴장감을 부여하고, 원인과 결과를 예측해보게 한다. 그 과정에서 의외의 영역을 발견하기도 한다. 걱정에 지배당하지 말고 그것을 좋은 자극으로 바꾸어 사용하기로 결심하라.

걱정에 물들지 않기

자신이 바꿀 수 없거나 자신의 영역을 벗어난 것들에 대해서 과도하게 걱정을 하고 있지는 않은지 살펴볼 필요가 있다. 걱정이 당신의 인생을 낭비하게 하지 않도록 경계해야 한다.

작가 알랭 드 보통_{Alain de Botton}은 이렇게 말했다.

"걱정 없는 인생을 바라지 말고 걱정에 물들지 않는 연습을 하라."

걱정을 마냥 덮어두는 그런 무책임한 태도를 견지하라는 것이 아니다. 다만, 걱정의 크기를 실체보다 더 크게 느껴서 지레 겁먹거나 움츠러들지 않아야 한다.

애니메이션 < 라이온 킹 >에는 모두가 멜로디를 흥얼거릴 정도로 익숙한 단어 '하쿠나 마타타_{Hakuna matata, 스와힐리어}'가 나온다. '문제없어. 모든 걱정과 근심을 떨쳐버려'라는 뜻이다. 걱정에 대해서만큼은 이렇게 스스로 다짐하거나 입 밖으로 선언하는 게 효과를 가진다. 지금 당신을 혼란스럽게 하는 그 걱정, 분명 떨쳐낼 수 있다.

당신이 오늘 다짐해야 할 것은 이것이다.

일어나지도 않은 일에 미리 겁먹고 도망치지 말 것.

해결할 수 없는 일을 걱정하느라 너무 많은 시간을 낭비하지 말 것.

걱정이 주는 긴장감을 생산적으로 활용할 것.

당신의 인생이 걱정에 물들지 않도록 경계할 것.

Point |||||||||||||||||||||||||||||||||||||||||||||||||||||||||

자신이 바꿀 수 없거나 자신의 영역을 벗어난 것들에 대해서 과도하게 걱정을 하고 있지는 않은지 살펴볼 필요가 있다. 걱정이 당신의 인생을 낭비하게 하지 않도록 경계해야한다. 일어나지도 않은 일에 미리 겁먹고 도망치지 말 것. 해결할 수 없는 일을 걱정하느라 너무 많은 시간을 낭비하지 말 것. 걱정이 주는 긴장감을 생산적으로 활용할 것. 당신의 인생이 걱정에 물들지 않도록 경계할 것. 걱정에 지배당하지 말고 그것을 좋은 자극으로 바꾸어 사용하기로 결심하라.

|||||||||||||||||||||||||||||||||||||||||||||||||||||||||||||||||||||||||||||||||

12
행복은 언제나
가까운 곳에
있다

행복을 느끼는 순간

작지만 행복을 느끼는 순간들이 있다. 나의 경우엔 하루에 2번 정도는 확실하게 그 순간들을 누리고 있다. 하나는 출퇴근 길에 지하철에서 한강을 바라보는 일이고, 또 하나는 하루 일과를 마치고 침대에 몸을 던지는 일이다. 지하철에서 바라보는 노을 지는 한강의 모습을 인스타그램 스토리에 곧잘 올리곤 한다. 이 낭만을 놓치기 아쉬워서, 이 순간을 혼자 보기 아까워서, 오늘도 나에게 수고했다는 말을 해주고 싶어서.

대단한 일이 아니어도 행복한 기분을 느끼게 하는 것들이 존재한다. 어쩌면 그것들은 대단한 것들이 아니어서 오히려 발견하는 게 어렵게 느껴질 때도 있다. 자신도 모르는 사이에 스치듯 지나갈 때가 많기에.

안에서 발견할 수 있는 것과 밖에서 볼 수 있는 것

친구들과 채팅방에서 이야기를 나누다 보면 대화 주제가 극명하게 나뉜다. 내 친구들의 경우, 기혼인 친구들은 주로 육아에 관련된 내용이 많고 미혼인 친구들은 대체로 게임과 투자, 자동차에 대한 이야기가 많다. 언젠가 한 번은 새로 출시된 차종에 대한 이야기가 나왔는데, 그 자동차의 외관이 꽤 멋진 편이어서 참 잘빠졌다(?)며 칭찬이 이어지기 시작했다. 그때 한 친구가 한 말이 나에게 생각할 거리를 던져줬다.

"예뻐. 진짜 예쁜데, 문제는 도로를 달리면서 그걸 정작 내가 볼 수는 없다는 거야. 나는 내부 디자인이 더 중요해."

방송인 후지타 사유리 씨도 이런 트윗을 올려 많은 사람들의 공감을 얻은 적이 있다.

"밤에 한강을 지나갈 때 멀리서 보이는 수많은 차 라이트가 반짝반짝 빛난다. 그 차에 타고 있는 사람들은 자신의 차 빛이 이렇게 아름다운 것을 모르고 운전한다. 그게 바로 당신 이야기다. 멀리서 보는 사람은 당신의 빛을 느껴도 당신은 그 걸 모르고 살고 있다는 것."

안에서 발견할 수 있는 것과 밖에서 볼 수 있는 것이 있다. 행복이 그렇다. 그중에서도 나에게 의미가 있는 건 내 안에서 발견하는 행복이다. 다른 이에게 보여주기 위해 연출된 행복이 아니라 나에게 즐거움을 주는 행복. 그걸 발견하는 일이 당신에게 중요하다는 사실을 잊어선 안 된다.

행복은 찾아 나서는 게 아니라
지니고 있는 걸 깨닫는 것이다

행복이 저 멀리 어딘가에 있는 것처럼 여기고 살아가는 사람들이 많다. 한참을 이리저리 찾아 헤매다 집에 도착해서야 겨우 만나게 되는, 행복은 보통 그런 종류의 것들이다. 어쩌면 행복은 찾아 나서는 게 아니라 지니고 있는 걸 깨닫는 게 아닐까.

치열한 하루가 지옥같이 느껴지는 그 순간에도 우리에게 편안함과 안정감, 행복을 주는 것들은 언제나 우리 곁에 존재한다. 어쩌면 우리네 인생은 이런 행복의 조각을 얼마나 촘촘하게 모으는지에 따라 달라질 수 있는 것일지도 모른다.

드라마 <신사의 품격>에서 김정난 씨가 이런 말을 한다.

"행복한 순간이면 잡아요. 인생 짧아요. 부지런히 행복해야 해요."

당신이 행복을 느끼는 순간은 언제인가? 분명 갖기 위해 애쓰지 않아도, 억지로 노력하지 않아도 얻을 수 있는 당신 몫의 행복이 있을 것이다. 이건 누가 대신 찾아줄 수도 없고, 다른 사

람에게 좋은 게 나에게도 행복을 주리란 법이 없기에 무조건
스스로 찾아내야만 한다. 행복한 기분을 주는 조각을 부지런히
모을 것. 우리는 스스로 발견한 행복으로 인생을 물들여가는
존재라는 걸 잊지 말자.

```
┌─────────────────┐
│     Point       │ ||||||||||||||||||||||||||||||||||||||||||
└─────────────────┘
```

대단한 일이 아니어도 행복한 기분을 느끼게 하는 것들이
존재한다. 어쩌면 그것들은 대단한 것들이 아니어서 오히려
발견하는 게 어렵게 느껴질 때도 있다. 자신도 모르는 사
이에 스치듯 지나갈 때가 많기에. 행복이 저 멀리 어딘가에
있는 것처럼 여기고 살아가는 사람들이 많다. 하지만 한참
을 이리저리 찾아 헤매다 집에 도착해서야 겨우 만나게 되
는, 행복은 보통 그런 종류의 것들이다. 어쩌면 행복은 찾
아 나서는 게 아니라 지니고 있는 걸 깨닫는 게 아닐까. 우
리는 스스로 발견한 행복으로 인생을 물들여가는 존재라는
걸 잊지 말자.

||||||||||||||||||||||||||||||||||||||||||||||||||||||||||||||||||||

Chapter2
나보다 내 기분을 잘 아는 사람은 없다는 걸 기억할 것

13

기분은
스쳐 지나가지만
상처는
흉터를 남긴다

무조건 자신의 탓으로만 돌리지 말 것

기분은 어떻게든 지나간다. 다른 기분으로 전환도 가능하다. 하지만 마음에 남겨진 상처는 덧나거나 흉터가 되기도 한다. 당연히 상처가 나지 않도록 처음부터 조심하는 게 좋지만, 아무리 경계를 하더라도 갑작스레 날아드는 날카로운 말과 잔

혹한 상황을 완벽하게 피하는 것은 쉬운 일이 아니다.

문제는 상처를 입은 사람들이 통증의 원인에 대해 너무 깊게 생각한다는 데 있다. 나 또한 이 지점이 가장 힘들고 어렵다. 타인에게 받은 상처의 원인까지 자기 자신에게서 발견해내려고 있지도 않은 이유를 쥐잡듯 찾아내거나, 과거에서 발견하기 위해 현재를 소홀히 하는 경우도 있다. 이렇게 생각이 많아지고 고민이 깊어지면 수면의 질이 낮아지기도 한다. 답이 없는 문제를 고민한다는 건 여러모로 삶의 균형 무너뜨리기 십상이다. 낮과 밤이 바뀌기 시작하면 더 예민해지기도 하고.

드라마 <런 온>에는 이런 대사가 나온다.

"내가 사랑한 것 중에 왜 나는 없을까."

상한 기분의 원인을 무조건 자신의 탓으로 돌리지 말 것.
타인으로부터 받은 상처의 이유를 자기 자신에게서 찾지 말 것.
상처의 깊이만큼만 아파하고 너무 오래 방치하지 말 것.

이유를 찾는 건 시행착오를 줄이는 데 도움을 주지만 생각이 계속 안쪽으로만 흐르면 자신을 망가뜨리는 이유가 될 수도 있다.

가끔은 져주는 것도 좋다

언젠가 한 팬이 아이유에게 질문을 했다.

"언니는 힘들 때 어떻게 이겨내나요?"

짧은 문장 속에 질문자의 무거운 고민이 담겨있지만, 보통 이런 질문에는 어느 정도 뻔한 대답이 돌아오곤 한다. '조금만 더 참아보세요. 시간이 해결해 줄 거예요. 노력하다 보면 이겨 낼 수 있어요.'와 같은. 그러나 아이유의 대답은 그것들과는 꽤 거리가 멀었다.

"가끔 져요…."

아이유가 힘듦을 느끼는 지점에서 가끔은 져준다는 말에 그녀의 팬들과 대중들은 놀랄 수밖에 없었다. 화려하게 꾸며진 문장이나 뜬구름 잡는 그런 말이 아닌, 지극히 현실적이면서도 아이유 자신의 경험과 통찰이 담겨있음을 느낄 수 있었기 때문이다. 진심이 가득 담긴 게 느껴져서 오히려 슬플 정도로.

밝은 사람도, 참을성이 많은 사람도, 실력이 있는 사람도, 자신에게 엄격한 사람도, 많은 성취를 이룬 사람도 각자 나름의 상처를 안고 살아간다. 상처가 없는 사람은 없다. 상처가 생기면 얼른 약을 바르고, 힘들면 그 자리에서 잠깐 쉬자. 가끔 져주는 것도 좋고. 그래도 된다.

나를 안아주는 연습

크고 작은 일들에 하나하나 다 반응해 주다 보면 영혼이 지쳐버린다. 때로는 담담하게 넘겨버리는 것도 필요하다. 애초에 그런 것들을 다 담아낼 정도로 당신 마음의 용량은 크지 않다.

빌 캐포더글리, 린 잭슨의 책 『디즈니 웨이』에는 이런 문장이 있다.

'여러분이 자신을 더 좋아할수록, 누구와도 같지 않게 될 것이다. 그 점이 여러분을 독특한 존재로 만들어 준다.'

나쁜 기억도, 불쾌한 기분도, 그 누구도 당신을 망가뜨릴 순 없다. 스스로를 믿어주고 더 좋아해 주길 바란다. 지금 당신을 혼란스럽게 하는 그 기분, 반드시 지나간다.

상한 기분의 원인을 무조건 자신의 탓으로 돌리지 말 것. 타인으로부터 받은 상처의 이유를 자기 자신에게서 찾지 말 것. 상처의 깊이만큼만 아파하고 너무 오래 방치하지 말 것. 이유를 찾는 건 시행착오를 줄이는 데 도움을 주지만 생각이 계속 안쪽으로만 흐르면 자신을 망가뜨리는 이유가 될 수도 있다. 밝은 사람도, 참을성이 많은 사람도, 실력이 있는 사람도, 자신에게 엄격한 사람도, 많은 성취를 이룬 사람도 각자 나름의 상처를 안고 살아간다. 상처가 없는 사람은 없다. 상처가 생기면 얼른 약을 바르고, 힘들면 그 자리에서 잠깐 쉬자. 가끔 져주는 것도 좋고. 그래도 된다. 지금 당신을 혼란스럽게 하는 그 기분, 반드시 지나간다.

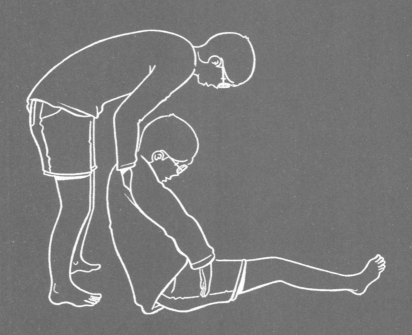

다른 사람이
내 기분을 좌우하도록
방치하지 말 것

01
높은 확률로
기분을 나빠지게 만드는
말이 있다

생각할수록 기분이 안 좋아지는 말

　예전에 다녔던 회사에서 만난 어느 팀장님은 대화의 시작
에 '이런 말 해도 될지 모르겠는데'라는 말을 종종 사용했다. 글
자로만 보면 분명 나를 배려해 주고 걱정해 주는 말처럼 들렸
지만, 실제로 이야기를 다 듣고 나면 대체로 하면 안 되는 말이
거나 안 하는 게 나을법한 말들이 많았다. 가장 힘들었던 건, 안

듣는 게 나을뻔한 말이 귀에 한 번 스치면 잘 사라지지 않는다는 것이다. 지겹도록 계속 맴돌기만 하고.

해도 될지 안 될지 헷갈리는 말은 차라리 하지 않는 편이 낫다. 오해의 소지가 있는 말은 입 밖으로 꺼내기 전에 충분히 생각하고 말하는 게 좋다. 상대방의 기분이 나빠질 것으로 예상되면 전달을 할 것인지, 이 정도의 말을 해도 되는 관계인지, 한다면 어떻게 할 것인지 많은 고민이 필요하다.

높은 확률로 기분을 나빠지게 만드는 말

- 이런 말 해도 될지 모르겠는데
- 오해하지 말고 들어
- 우리 친구 맞지?
- 있잖아, 기분 나쁘게 생각하지 말고 들어
- 나니까 이런 얘기 해주는 거야

진심 어린 조언과 충고는
친밀감을 자양분으로 자라난다

물론 위와 같은 문장으로 시작하는 말이 무조건 기분을 망치는 건 아니다. 당신을 진정으로 걱정해서 하는 말이지만 전달하는 방법을 모르는 사람일 수도 있기 때문이다. 하지만 정말 친밀한 관계라면, 이런 이슈로 우리를 혼란스럽게 하거나 정신적으로 힘들게 하지 않는다는 것을 기억해야 한다.

진심 어린 조언과 충고는 친밀감을 자양분으로 자라난다. 폭력성을 지니고 있는 말들은 당신을 위한 게 아니다. 기분을 망치는 말들은 당신을 걱정해서 탄생한 말이라기보단, 당신에게 무언가를 강요하고 싶어서 생겨난 것일 수 있다. 그런 말들은 보통 당신의 기분보단 자신이 하고 싶은 말을 당신에게 주입하는데 더 큰 관심을 가지고 있다.

원한 적도 없던 관심이 멋대로 마음을 침범하는 경우가 종종 있다. 오지랖으로 스트레스를 받아본 사람이라면 이 불쾌함을 더욱 잘 이해할 것이다. 아무리 조심해도 느닷없이 쏟아지는 화살 같은 말에 당신의 세계는 침범당할 수 있다. '사랑이라는 이름으로 주어지는 관심'과 '참견이라는 옷을 입은 관심'은 같은 관심이어도 아예 차원이 다른 간격을 지닌다. 물론 타인의 시선과 참견을 완전히 무시하는 게 쉬운 일은 아니다. 타인을 존중하는 태도를 지닌 사람은 어떤 형태로든 상대방의 말에 리액션을 해주게 되니 말이다.

말의 내용과 기분을 분리하는 연습

당신에게 큰 의미를 갖는 사람이 한 말이 아니라면, 그 사람의 말 때문에 흔들리게 될 당신의 기분과 감정을 아깝게 여기자. 쓸데없다고 생각되면 그것들을 최대한 빨리 흘려보내는 것이다. (쓰레기통에 넣어버린다는 생각도 좋고!) 그 과정에서 말의 내용과 그 말을 받아들이는 내 기분을 분리하는 연습을 병행하면 더욱 좋다. 무례한 말에 기분이 상했어도 그 안에서 의미 있다고 생각되는 것들은 알뜰히 챙겨두자.

당신을 지키기 위해선 무엇보다 당신의 마음이 우선이다. 그러니 다른 사람을 만족시키느라 정작 자신의 마음에 대해선 나쁜 사람이 되지 않도록 하라. 애초에 우리의 마음은 가볍게 던져지는 그런 참견들을 담아둘 수 있는 용량이 되지도 않을뿐더러, 나에게 깨달음을 주는 조언들은 사실 어느 정도는 스스로도 깨닫고 있는 것들이 많은 게 사실이다. 적용할만한 가치가 있는 것은 받아들이고 그 외의 시끄러운 소음은 무관심한 태도로 흘려도 괜찮다.

Point

진심 어린 조언과 충고는 친밀감을 자양분으로 자라난다.
폭력성을 지니고 있는 말들은 당신을 위한 게 아니다. 기분을 망치는 말들은 당신을 걱정해서 탄생한 말이라기보단, 당신에게 무언가를 강요하고 싶어서 생겨난 것일 수 있다. 당신에게 큰 의미를 갖는 사람이 한 말이 아니라면, 그 사람의 말 때문에 흔들리게 될 당신의 기분과 감정을 아깝게 여기자. 쓸데없다고 생각되면 그것들을 최대한 빨리 흘려보내도록 하라. 기분이 나빠지는 말에 먹이를 주지 말 것.
무례하게 던져지는 말엔 무관심이 답이다.

02
모두에게
사랑받는
사람은 없다

항상 정이 많아서 큰일이다

사랑을 받는 것 못지않게 사랑을 하는 것도 좋은 기분을 느끼게 한다. 나는 사랑을 하는 일에 온통 치중하는 사람들은 강인한 기질을 가지고 있다고 믿는다. 사랑을 받는 것보다 사랑을 하는 게 훨씬 더 어려운 일이기 때문이다. 주변에 있는 사람들에게 사랑과 친절을 베푸는 것은 굉장히 힘든 일이고, 이걸 잘 해내는 사람들은 언제나 크고 작은 어려움들과 늘 싸우고 있다.

다정함도 능력이라면, 이런 사람들은 꽤 치열한 과정을 거쳐 그것을 얻게 된 것이 분명하다. 이렇게 정이 많은 사람들은 주변 사람들로부터 받는 신뢰와 인정, 소속감과 사랑을 통해 행복감을 느낀다. 또한 도움을 주는 것에 익숙하고 유용성과 필요성이 큰 사람이 되는 일에 관심이 많다.

열심히 정을 주다 보면 적당한 수준으로 마음을 나누는 일에 소홀해져 생각한 것 이상으로 줘버리기도 하는데, 이 과정에서 상처를 받는 일이 종종 발생하곤 한다. 한참 잘해주다가 그것으로부터 상처받고, 양껏 후회하고, 또다시 사랑하고. 상처를 받으면 다시는 정을 주지 않겠다고 다짐하지만, 이 결심도 금방 깨어지기 일쑤다. 다정한 사람들은 항상 정이 많아서 큰일이다.

마음은 Give and Take가 아니다

원치 않아도 인정해야 하는 것이 있다. 모두에게 사랑받는 사람은 없다. 당신 또한 모두에게 좋은 사람일 수는 없다. 모든 상황에 대해 착한 사람이 되기는 매우 어렵다는 말이다. 최대한 많은 사람을 만족시키는 선택과 결정을 하더라도 미움받을 수 있다. 억울한 상황과 풀어내기 어려운 오해가 생길 수도 있다. 그럴수록 우리가 해야 할 일은 사랑을 주는 과정 자체를 즐기는 것 그리고 사랑을 돌려받는 일에 연연하지 않는 것이다.

MBC 시트콤 〈거침없이 하이킥〉에서 박해미 씨는 아들 역으로 출연한 김혜성 씨에게 이런 말을 했다.

"상대에게 마음을 쏟은 만큼 되돌려 받는 거에 집착하지 않고, 그 사람에게 애정을 주면서 느꼈던 기쁨과 또 그 과정을 즐길 줄 아는 사람이 됐으면 좋겠어."

사랑을 주는 일에 최선을 다해도 실망할 수 있고, 모든 상황을 충분히 이해해도 서운할 수 있다. 사랑과 우정, 친절과 배려 같은 것들이 거래와 같은 것이었다면 차라리 편했을지도 모르겠다. 준만큼 돌려받고, 받은 만큼 기억할 수 있다면 오히려 편리할 텐데, 안타깝게도 인간관계는 이런 속성을 지니고 있지 않다.

우리는 적당한 거리에서 더 깊은 관계가 된다

언젠가 SNS에서 불을 쬐다가 수염이 모두 타버린 고양이 영상을 본 적이 있다. 불에 가까이 갈수록 온기를 얻지만, 너무 가까이 가면 자신의 털이 타버릴 수도 있다. 너무 멀지도, 너무 가깝지도 않은 적당한 거리를 유지할 때 우리는 자신을 망가뜨리지 않으면서 더 오랫동안 불의 온기를 누릴 수 있다.

사람과 사람 사이의 적당한 거리가 어느 정도인지 파악하기까지 수많은 시행착오가 발생한다. 때로는 너무 가까워져 서로의 모난 부분에 상처를 입기도 하고, 너무 멀어져 친밀감이 형성되지 않는 경우도 있을 것이다. 간격을 측정한다는 건 이 과정을 끊임없이 반복하면서 감각을 익히고, 경험을 얻는 것이다. 너무 빠르게 다가가도 안되고, 너무 오랫동안 멀리 있어도 안된다. 인간관계는 이 거리를 적당한 수준과 적절한 타이밍으로 유지해야 하는 것이다.

드라마 <블랙독>에는 이런 대사가 나온다.

"2:6:2 법칙이라는 게 있다. 열 사람이 모이면 그중에 둘은

날 좋아하고, 여섯은 내게 관심이 없고, 나머지 둘은 날 싫어
하기 마련이라는 자연의 법칙. 하지만 이 법칙을 알면서도 난
여전히 뒤에서 오래도록 날 미워하는 사람을 대가 없이 돕고,
발 뻗고 잘만큼 평안하지 못하다."

관계 속에서 혼란을 겪을 때 이것을 반드시 기억하라.

사랑을 주되 집착하지 말 것.
떠나갈 사람을 억지로 붙잡아두는 것에 애쓰지 말 것.
타인을 위하는 일에 정신 팔려 나를 돌보는 일에 소홀해지지 말 것.
사랑을 주는 과정 자체를 즐기고 돌려받는 일에 연연하지 말 것.
당신에게 아무런 의미도 없는 사람들 때문에 너무 상처받지 말 것.

그렇게 우리는 적당한 거리에서 더 깊은 관계가 된다.

관계 속에서 혼란을 겪을 때 이것을 반드시 기억하라. 사랑을 주되 집착하지 말 것. 떠나갈 사람을 억지로 붙잡아두는 것에 애쓰지 말 것. 타인을 위하는 일에 정신 팔려 나를 돌보는 일에 소홀해지지 말 것. 사랑을 주는 과정 자체를 즐기고 돌려받는 일에 연연하지 말 것. 당신에게 아무런 의미도 없는 사람들 때문에 너무 상처받지 말 것. 그렇게 우리는 적당한 거리에서 더 깊은 관계가 된다.

Chapter3
다른 사람이 내 기분을 좌우하도록 방치하지 말 것

03

내 주변에
어떤 사람들이 있는지
돌아보아야 한다

당신 곁에 있는 사람이 당신의 기분을 좌우한다

다른 사람이 당신의 기분을 좌우하지 않도록 하려고 해도 이게 참 말처럼 쉬운 일이 아니다. 최대한 경계하면서 피할 수 있겠지만, 귀를 스친 말이 머릿속을 잘 떠나지 않는 것처럼 잔상이 오래 남기 때문이다.

게다가 내 입맛대로 사람을 바꿀 수 있거나, 단기간에 변화를 기대할 수도 없다. 당신이 변하기 어려운 것처럼, 다른 사람도 마찬가지다. 타인을 위해 자신의 삶의 양식을 손쉽게 바꿀 수 있는 사람은 많지 않다. 수십 년간 자신만의 삶의 방식을 구체화해왔기 때문이다.

원하든 원하지 않든 당신 곁에 있는 사람이 당신의 기분을 좌우한다. 사람을 바꿀 수 없다면 당신이 고를 수 있는 선택지는 선명하다. 안 맞는 사람은 떠나보내고, 잘 맞는 사람들과 행복하기로 결정하라. 당신에게 안 좋은 영향을 끼친다는 생각이 드는 사람은 과감하게 끊어내라. (내 경우엔 사회생활을 위한 최소한의 거리만 유지하고, 마음속으로 그 사람을 지운다. 이름하여 '내적 손절'이다.)

상대의 이해할 수 없는 행동과 생각을 분석하려 너무 애쓰지 말라.
신뢰가 없는 사람을 위해 감정을 소모하지 말라.
누군가로 인해 망가진 기분을 또 다른 사람들에게 전달하지 말라.
쓸데없는 말이라는 생각이 들면 과감하게 무시하라.

절대 잊지 말아야 할 3가지 유형의 사람

tvN 드라마 〈사랑의 불시착〉에서 손예진 씨는 자신에게 큰 상처를 준 가족들에게 이런 말을 한다.

"인생에는 절대 잊지 말아야 할 3가지 유형의 사람이 있대. 어려울 때 날 도와준 사람. 어려울 때 날 혼자 내버려 둔 사람. 그리고 날 어려운 상황으로 몰아넣은 사람."

당신 주변엔 어떤 유형의 사람들이 있는가? 당신 곁에 있는 사람, 당신에게 영향을 끼치는 사람, 당신이 맺고 있는 인간관계가 중요하다. 그 영향력의 크기만큼 당신의 삶도 변화가 가능하다. 좋은 영향을 끼치는 사람과 함께 있으면 좋은 방향으로 변화하게 된다. 반대로 나쁜 영향을 끼치는 사람과 함께 있으면 여러 영역이 무너지고 망가지는 걸 경험하게 된다. 주변에 어떤 사람들이 있는지 돌아보아야 하는 이유가 여기에 있다.

반드시 끊어내야 하는 관계가 있다

– 당신의 약점과 상처를 이용해 자신을 드러내는 사람

– 당신이 싫어하는 것을 알면서도 계속하는 사람

– 당신에 대한 소문을 만들어내는 사람

– 당신의 단점에 주목하는 사람

– 답을 정해놓고 그것에 당신을 억지로 맞추려는 사람

– 자신에겐 관대하고 남에게만 엄격한 사람

– 당신의 말을 귀담아듣지 않고 한 귀로 흘리는 사람

– 당신을 배려하지 않고 무례함으로 일관하는 사람

– 너무 심한 오지랖으로 당신에게 스트레스를 주는 사람

– 동의하기 어려운 가치관을 당신에게 관철시키려는 사람

– 말을 생각 없이 함부로 하는 사람

– 당신의 자신감, 자존감을 떨어뜨리는 사람

– 당신을 대함에 있어 거짓과 위선이 느껴지는 사람

무조건 지켜내야 하는 관계가 있다

- 당신을 진심으로 위로하려고 애쓰는 사람

- 당신에게 상처 주지 않고, 싫어하는 것을 안하려는 사람

- 당신의 가치를 발견하고 알아봐 주는 사람

- 따뜻하고 예쁘게 말할 줄 아는 사람

- 당신이 느낀 감정을 중요하게 대해주는 사람

- 자신의 잘못을 인정할 줄 알고, 실언을 했다면 사과할
  줄 아는 예의 있는 사람

- 감정적으로 안정적이고 건강한 사람

- 유머 코드, 귀여움 코드가 같은 사람

- 오랜만에 만나도 여전히 편안함을 주는 사람

- 그 무엇보다 당신을 소중히 아껴주는 사람

- 당신을 대할 때 다정함과 섬세한 태도로 일관하는 사람

- 미소 짓게 하는 일을 만들어 주는 사람

- 존경심이 생기고, 닮고 싶다는 생각이 들게 만드는 사람

- 내가 나를 좋아하게 만들어주는 사람

- 당신의 자존감을 높여주는 사람

- 삶의 양식, 세계관이 비슷한 사람

당신 주변엔 어떤 유형의 사람들이 있는가? 당신 곁에 있는 사람, 당신에게 영향을 끼치는 사람, 당신이 맺고 있는 인간관계가 중요하다. 그 영향력의 크기만큼 당신의 삶도 변화가 가능하다. 좋은 영향을 끼치는 사람과 함께 있으면 좋은 방향으로 변화하게 된다. 반대로 나쁜 영향을 끼치는 사람과 함께 있으면 여러 영역이 무너지고 망가지는 걸 경험하게 된다. 주변에 어떤 사람들이 있는지 돌아보아야 하는 이유가 여기에 있다. 반드시 끊어내야 하는 관계가 있고, 무조건 지켜내야 하는 관계가 있다.

Chapter3
다른 사람이 내 기분을 좌우하도록 방치하지 말 것

04
무례한 사람은
어디에 가든
항상 존재한다

대충 던져진 말에 누군가는 죽음을 생각한다

SBS 드라마 <신사의 품격>에 나오는 장면이다. 임메아리
(윤진이 분)가 자신의 말이 비웃음을 당하자, 상대방에게 이런
말을 한다.

– 중략 –

무명1

(풋- 크게 비웃으며) 그 나이에도 소원 빌고 촛불 끄는구나?

임메아리

왜 웃어요?

무명1

아, 기분 나빴다면 미안해요.

임메아리

웃자고 한 말에 한 사람도 안 웃었으면 그건 실례죠.

최윤(김민종 분)의 생일파티 분위기는 순식간에 분위기가
얼어붙었고, 임태산(김수로 분)은 발끈하는 임메아리를 보며
왜 이렇게 예민하게 구냐며 당장 집에 가라고 손목을 잡아끌었
다. 임메아리는 이 무례한 상황이 자신의 예민함 때문에 발생
한 걸로 해석되는 게 죽기보다 싫었다.

자신의 무례함을 깨닫지 못하면서 상대방의 예민한 반응에
만 주목하는 것만큼 어리석은 일이 또 있을까. 가볍게 던져지

는 말이나 농담, 장난 섞인 유머가 때로는 상대방의 기분을 상하게 할 수 있다. 의도가 어떻든 말이다. 상대방이 이를 기분 나쁘게 받아들이거나 언짢아한다면, 그건 그 사람이 예민해서가 아니라 이 상황이 무례함으로 다가왔기 때문이다. '웃자고 한 말에 왜 과민반응을 하지?'가 아니라, '저 사람이 정해놓은 선을 내가 함부로 넘었구나. 조심해야겠다'라고 생각하라.

특히 이 부분은 관계가 무너지기 전에 조심할 필요가 있다. 한 번 무례한 사람으로 비치면 웬만해선 그 사람의 마음에 다시 들어가지 못하기 때문이다. 관계는 유리와 같아서 한 번 깨지면 돌이키는 게 매우 어렵다는 말이다. 상대방이 원치 않는다는 의사 표현을 명확히 하거나 싫음을 이야기했는데도 같은 실수를 수차례 반복한다면 관계적으로 '포기'를 당할 가능성이 매우 크다. 인간관계라는 게 그렇다. 두 번의 기회가 주어지지 않는 경우가 다반사다.

배려는 멀리 있지 않다. 당신의 말과 행동이 상대방에게 감정적으로 어떤 영향을 끼치는지 잘 파악하는 것도 능력이다. 어느 단계에 이르러서는 당신의 진심 어린 사과도 용서를 받지

못하는 경우가 있음을 기억하라. 용서와 관용 또한 상대방의
의무가 아니기 때문이다.

무례함으로 받은 상처를 담아두지 말기

위 이야기처럼 무례한 사람이 되는 걸 경계해야 하지만, 보통은 당신이 무례함을 겪는 경우가 훨씬 더 많을 것이다. 학교에서, 일터에서 그리고 가정에서도. 사람에 실망하거나 싫어하는 마음이 한 번이라도 싹트면, 신경을 안 쓰고 싶어도 어찌나 거슬리는지. 떨쳐내는 게 여간 어려운 일이 아니다.

wavve 오리지널 예능 <어바웃타임>에서 프로게이머 페이커(이상혁 분)의 시간 35분을 500만 원에 낙찰받은 그래픽 디자이너 김은 씨가 페이커와 이런 대화를 나눴다.

김은
제가 멘탈이 엄청 연두부 정도로 약해요. 멘탈 관리를 어떻게 하세요?

페이커

혹시 어떤 일로 상처를 많이 받아요? 예를 들어서?

김은

인간관계요.

페이커

제가 인간관계를 프로 생활하면서 많이 겪어봤거든요. 상
처받는 일도 많고, 혼자 오해하는 일도 많았는데, 그 사람으
로 인한 상처를 가지고 있지 말고 그냥 버리는 거예요. 저 사
람은 나한테 쓰레기를 버리고 갔는데, 남이 버린 쓰레기를 내
주머니에 넣으면 내 주머니만 더러워지는 거잖아요. 그렇게
생각하니까 괜찮아졌던 거 같아요.
(끊임없는 감정 비우기를 통해 멘탈 관리를 했던 페이커)

상대방이 버린 쓰레기를 꾸역꾸역 다시 자신의 주머니에
넣는 건 어리석은 일이다. 당신을 무례하게 대하는 사람의 행
동과 태도를 이해하려고 하거나, 배려하려고 노력하거나, 무
작정 참으려고 애쓰지 말 것. 당신이 그 정도의 희생을 감수해

야 하는 관계는 이미 유지하는 게 의미가 없는 관계일 가능성이 크다. 아픈 말이지만, 때로는 단호한 태도로 경계선을 분명히 하거나 끊어내는 것도 필요하다. 그 무엇보다 소중한 당신의 마음을 위해서.

tvN 드라마 <블랙독>에는 이런 대사가 나온다.

"또라이 질량 보존의 법칙, 몰라? 사회생활을 하다 보면 저절로 알 수 있는 신비의 법칙인데, 어떤 직장이나 집단이든 일정 비율의 또라이들은 반드시 존재한다는 법칙이지. 참고로 이 법칙은 동서양 고금을 막론하고 모두 적용된다 이거야."

사람에게 실망할 수 있다. 당신을 괴롭게 하는 사람을 만날 수 있다. 하지만 이건 당신이 그런 일을 경험할 만큼 부족하거나 어리석기 때문이 아니다. 의도와 상관없이, 노력과 별개로 언제든 발생할 수 있는 일이다. 당신이 속한 그곳에도, 아니 어딜 가나 어김없이 '또라이'는 존재한다.

품위 있는 태도는 한 사람의 인생을 바꾼다

나는 인간을 인간답게 하는 속성이 여러 가지 있다고 생각한다. 예컨대 다정함과 친절, 배려와 용서, 당당함과 솔직함 같은 것들 말이다. 그리고 이런 품격 있는 태도를 경험한 사람들은 인생이 바뀌기도 한다. 하지만 같은 속성도 누가, 언제, 어떻게 발현하느냐에 따라 큰 차이가 난다. 솔직함이 무례함이 되기도 하고, 당당함이 오만함이 될 수도 있는 것처럼.

<골든아워>의 저자이자 아주대학교병원 의사인 이국종 교수의 이야기다. 어린 시절 이국종 교수의 집은 매우 가난했고, 아버지는 6.25 전쟁 때 지뢰로 인해 팔다리를 다치고 한쪽 눈을 잃은 장애 2급 국가유공자였다. 이국종 교수는 어려서부터 축농증으로 고생을 많이 했다. 가족에게 주어졌던 의료복지카드로 여러 병원을 돌아다녔지만 치료를 받기는커녕 문전 박대를 당하기 일쑤였다고 한다. 그러다가 외과의사였던 '이학산'을 만나게 되는데, 조심스레 내민 의료복지카드를 보고 "아버지가 자랑스럽겠구나"라며 병원비도 받지 않고 "열심히 공부해서 꼭 훌륭한 사람이 되라"라는 말과 함께 정성껏 치료를

해주었다고 한다. 이국종 교수가 훌륭한 사람이 되겠다고 결심하면서 '내가 크면 아픈 사람에게만큼은 함부로 대하지 않겠다.'라는 다짐을 하게 된 건, 성장하면서 겪은 이런 크고 작은 친절로 인함이었을 것이다.

천박한 사람이 있는 반면, 깊이 있는 사람도 있다. 무례한 사람이 어디에든 항상 존재하는 것처럼, 다정한 사람도 어디에나 항상 존재한다. 당신이 겪은 무례함으로 기분과 마음이 상했을 수 있다. 떠도는 흔한 말처럼, 소중한 사람들과 사랑만 하기에도 바쁜 인생인데 당신을 함부로 대하는 사람을 궁금해하느라 시간과 에너지를 쏟을 필요가 없다. 당신과 잘 맞고, 행복감을 주는 사람들과 살아가기로 결심하라.

사람에게 실망할 수 있다. 당신을 괴롭게 하는 사람을 만날
수 있다. 하지만 이건 당신이 그런 일을 경험할 만큼 부족
하거나 어리석기 때문이 아니다. 의도와 상관없이, 노력과
별개로 언제든 발생할 수 있는 일이다. 천박한 사람이 있는
반면, 깊이 있는 사람도 있다. 무례한 사람이 어디에든 항상
존재하는 것처럼, 다정한 사람도 어디에나 항상 존재한다.
당신이 겪은 무례함으로 기분과 마음이 상했을 수 있다. 떠
도는 흔한 말처럼, 소중한 사람들과 사랑만 하기에도 바쁜
인생인데 당신을 함부로 대하는 사람을 궁금해하느라 시간
과 에너지를 쏟을 필요가 없다. 당신과 잘 맞고, 행복감을
주는 사람들과 살아가기로 결심하라.

05
다른 사람과
비교하는 순간
망가지는 것이 있다

같은 무게여도 각자 느끼는 무게감은 다르다

군에 입대했을 때 이야기다. 여느 신병들과 마찬가지로 나 또한 군인으로서 생활할 때 필요한 여러 가지 기술을 배우기 시작했다. 걷는 방법부터 말하는 방식까지 그리고 25m 과녁을 조준하는 영점사격부터 250m 지점에 위치한 표적을 저격하는 것까지. 입대하는 순간, 군인 신분이 됐지만 군인의 모습을 갖추기까지는 꽤 오랜 시간이 걸렸다. 그중에서도 나를 가장 곤욕스럽게 했던 건 화생방 훈련도 수류탄 훈련도 사격훈련도 아니었다. 우습게도 '전화를 받는 방법'이었다.

전화가 오면 단기간에 빠르게 파악하고 대답을 해야 한다. 어디에서, 누구에게, 왜 걸려온 전화인지 파악을 한 후 그에 맞는 대처를 해야 한다. 신속하고 정확하게. 횡설수설하거나 어리바리하게 행동하면 어김없이 얼차려를 받았다. 전화받는 게 뭐 어려운 일이겠나 싶지만, 모든 게 경직되어 있는 이등병에게는 이것만큼 난처한 일이 없다. 제발 전화가 걸려오지 않기를, 전화 옆에 누군가 있어서 그 사람이 받기를 바라는 순간도 여럿 있었다. '전화를 받는다'라는 행동의 무게는 동일하다. 그러나 별거 아닌 이 일이 누군가에겐 몇 배는 더 무거워진다. 동기들과 비교도 많이 당했지만, 내 동기들이 잘한다고 나 또한 그 일을 단숨에 잘할 수 있는 건 아니었다.

고민, 슬픔, 고통, 힘듦, 스트레스와 같은 것들도 마찬가지다. 이런 것들이 절댓값을 가지지 않는다는 걸 이해하는 게 필요하다. 예컨대 같은 상자를 들어도 내가 느끼는 무게감과 다른 사람이 느끼는 무게감의 정도는 다를 수 있다는 것이다. 보는 사람의 기준에 따라, 힘의 차이에 따라, 경험의 정도에 따라 다를 수 있다. 자신의 기준과 경험에 기반하여 모든 상황과 사람을 임의로 판단하지 말아야 한다. 당신이 쉽게 할 수 있는 일이라고 상대방 또한 그럴 수 있는 건 아니다.

질투에선 썩은 냄새가 난다

반대로 당신에게 어려운 일이어도 누군가에겐 비교적 쉬운 일일 수 있다. 고군분투하고 있는 당신의 모습과는 다르게 멋지고 빠르게 성과를 내는 사람도 있다는 말이다.

JTBC 드라마 <청춘시대>에는 이런 대사가 나온다.

"부러워서 싫어. 가난하고 괴팍하고 깡마르고 볼품도 없으면서 날 초라하게 만들어서 싫어. 질투 나게 만들어서 싫어. 너처럼 되고 싶은데 너처럼 될 수 없으니까 미워하는 수밖에 없어. 그래서 냄새가 나는 거야. 내 질투에선 썩은 냄새가 나."

예로부터 '질투'는 죄의 근원 중에 하나로 꾸준히 언급되어

왔을 정도로 인간의 마음에 한 번 싹트면 잘라내기가 매우 어렵다. 비교는 부러움을 낳고, 부러움은 질투를 부른다. 이렇게 태어난 질투에선 썩은 냄새가 난다.

비교의식을 자양분으로 삼아 성장할 것

다른 사람과 비교하는 순간 망가지는 것이 있다. 비교하고, 눈치 보고, 질투하는 삶이 행복할리 없으니까. 하지만 타인을 향한 비교의식이 자기 자신을 향하게 되면 조금 다르게 작용한다. 다른 사람보다 더 잘하기 위해서가 아니라, 어제의 나보다 더 나은 나를 만들기 위해 사용될 수 있다는 것이다.

자신이 원하는 것을 이루어갈 것. 다른 사람과 비교하지 말것. 비교의식을 자기 자신과의 싸움에 사용하여 자양분으로 삼아 성장할 것. 당신은 지금까지도 충분히 잘 해왔으니까 어제보다 오늘 더 잘할 수 있다.

타인을 향한 비교의식이 자기 자신을 향하게 되면 조금 다
르게 작용한다. 다른 사람보다 더 잘하기 위해서가 아니라,
어제의 나보다 더 나은 나를 만들기 위해 사용될 수 있다는
것이다. 자신이 원하는 것을 이루어갈 것. 다른 사람과 비교
하지 말 것. 비교의식을 자기 자신과의 싸움에 사용하여 자
양분으로 삼아 성장할 것. 어제의 나보다 더 나은 오늘의
나를 만나기 위해 노력할 것.

Chapter3
다른 사람이 내 기분을 좌우하도록 방치하지 말 것

06
부정적인 생각은
주변을 빠르게
전염시킨다

잘 될 일도 안 되게 만드는 말

봉준호 감독의 영화 <기생충>을 보다가 '기세'라는 단어에 한동안 꽂혀있던 적이 있었다. 극중 최우식 씨가 과외를 하는 장면에서 이런 말을 한다.

"시험이라는 게 뭐야? 앞으로 치고 나가는 거야. 그 흐름을, 그 리듬을 놓치면 완전 꽝이야. 24번 정답? 관심 없어. 나는 오로지 네가 이 시험 전체를 어떻게 치고 나가는가, 어떻게 장악하는가 거기에만 관심 있다. 실전은 기세야 기세. 알겠어?"

기세는 '기운차게 뻗치는 모양이나 상태'를 뜻한다. 하지만 이런 힘찬 기세도 지속적으로 쏟아지는 부정적인 생각과 말 앞에서는 맥을 못 추리고 단숨에 숨이 죽어버리곤 한다. 잘 될 일도 안되게 만드는 말, 치고 나가려는 의지를 꺾어버리는 생각이 있다는 것이다.

주변을 둘러보면 부정적인 말을 입에 달고 사는 사람들이 있다. 염세적인 태도와 부정적인 생각을 감추는 건 쉬운 일이 아니다. (그래서 자신도 모르는 사이에 그런 것들이 흘러나오기도 한다.) 태도와 습관, 생각과 말이 어느 순간 단숨에 형성되는 게 아니라 꽤 오랜 시간 여러 사건과 계기가 쌓여 만들어지는 것이라는 걸 생각해 보면, 자신의 인생과 마음에 무엇을 쌓아갈 것인지 고민해 보게 된다.

물론 모든 걸 무한 긍정하기만 하는 게 건강한 일은 아니다. 맹목적으로 낙관하는 일은 오히려 상황을 악화시킬 수도 있다.

마찬가지 흐름에서 부정적인 생각이 상황을 무조건 망치기만 하는 것도 아니다. 때로는 상황을 객관화하는 작업을 통해 통찰력을 얻는 것도 중요한 일이니까.

나는 긍정적인 사람과 부정적인 사람이 따로 정해져 있다고 생각하지는 않는다. 상황에 따라 긍정적인 생각도 부정적인 생각도 머리를 스쳐 지나갈 수 있다. 누구나 그렇다. 다만, '그런 사람'이 되는 건 또 다른 차원의 이야기이다. 부정적인 생각은 피할 수 없지만, 부정적인 사람이 되는 것은 피할 수 있다.

주변을 빠르게 전염시키는 부정적인 생각

나는 부정적인 사람이 지닌 것들 중에 가장 안 좋은 것이 극단적인 태도에 있다고 생각한다. 우리 삶은 이미 충분히 복잡해서 과정에 주목하지 않으면 결과를 제대로 마주하기 어렵다. 그러나 극단적인 태도를 지닌 사람들은 가운데 지점에 있는 것들을 쉽게 받아들이지 못한다. 1등이 아니면 의미를 두지 않거나, 획득하지 못한 것에만 과도하게 집중하거나, 완벽한 형태의 성공이 아니면 나머지는 전부 실패한 것으로 여기는 것들이 그렇다. 분명 승자가 모든 걸 가지는 영역도 있다. 그러나 '지금 과정에서 이 정도의 결과물도 충분히 괜찮다'라는 생각으로 끌어안아줄 필요도 있다. 세상이 1등만 기억하는 태세를 지니고 있다고 하더라도 의미 있는 것들과 감사할 것들이 정상에만 존재하는 것은 아니다.

말을 조심해야 한다는 뻔한 교훈을 구태여 끄집어내지 않아도 우리는 이미 일상에서 매일 경험하고 있다. 말의 영향력과 힘을. 우리는 하루에도 수많은 이야기와 생각을 마주하며 살아간다. 당신의 기분과 생각은 이러한 것들에 의해 어떤 형태로든 영향을 받을 수밖에 없다. 그중에서도 부정적인 생각과 말은 유난히 전염성이 크다. 당신도 타인에게 영향을 받기 쉽고, 당신도 다른 사람에게 영향을 주기 쉽다는 말이다. 즉, 부정적인 생각과 말에 자신을 오랜 시간 노출시키는 건 당신에게도 안 좋고, 당신 주변의 소중한 사람들에게도 안 좋다는 것을 의미한다.

당신의 말과 태도가 당신을 정의한다

좋은 일, 되는 일에 주목하는 연습을 하자. 과정 중간중간에 숨겨진 즐거움을 찾고, 작은 것에도 감사한 마음을 가질 것. 나쁜 일, 안되는 일에만 주목하는 사람에게 감사할 일이 생기기란 여간 어려운 게 아니니까 말이다.

조나 버거의 책 『컨테이저스 전략적 입소문』에는 소셜 마케팅 영역에서 입소문이 전파력을 갖기 위해 어떤 요소들이 필요한지 설명한다. 그 과정에서 '소셜 화폐의 법칙'이 등장한다. 사람들은 자신의 이미지를 좋게 만들어줄 수 있는 것을 공유한다는 개념이다. 무언가를 구매하기 위해 화폐를 지불하는 것처럼, 사람들은 자신이 공유하는 콘텐츠와 자신이 하는 말을 화폐처럼 '지불'하는 과정을 통해 스스로의 이미지를 구축한다는 것이다. 좋든 싫든 당신이 하는 말과 태도가 당신을 정의한다. 적어도 당신의 주변에는 그렇다.

당신의 가치는 다른 사람이 임의로 부여할 수 없다. 그렇기 때문에 이것만큼은 반드시 스스로가 구축해내야 하는 영역이라는걸 잊지 말자. 오늘 당신은 주변에 무엇을 지불했고, 무엇을 소비했는지 질문해보라.

Point

잘 될 일도 안되게 만드는 말, 치고 나가려는 의지를 꺾어버리는 생각을 경계하자. 부정적인 생각과 말에 자신을 오랜 시간 노출시키는 건 당신에게도 안 좋고, 당신 주변의 소중한 사람들에게도 안 좋다. 좋은 일, 되는 일에 주목하는 연습을 할 것. 과정 중간중간에 숨겨진 즐거움을 찾고, 작은 것에도 감사한 마음을 가지자. 나쁜 일, 안되는 일에만 주목하는 사람에게 감사할 일이 생기기란 여간 어려운 게 아니니까 말이다.

Chapter3
다른 사람이 내 기분을 좌우하도록 방치하지 말 것

07
SNS는
조심히 다뤄야 하는
예쁜 칼이다

이미 삶의 일부가 되어버린 공간

세상이 이런저런 이슈로 떠들썩할 땐 어김없이 SNS가 그 중심에 있다. SNS에서 만들어진 소식들이 이슈의 시작이 되기도 하고, 어느 때엔 전파의 촉매가 되기도 한다. 각자의 생각을 자신만의 방식대로 자유롭게 표현할 수 있다 보니 가치의 충돌이 불가피한데, 특정 주제에 대해선 서로를 향한 혐오와 싸움이 되기도 하고 대중의 공분을 사는 이슈가 되기도 한다.

확실한 건 현대를 살아가는 우리의 삶에 SNS는 이미 떼어놓을 수 없는 도구가 되었고, 이 공간에 업로드되는 게시물들로 인해 어떤 형태로든 영향을 받을 수밖에 없다는 것이다. 원하든 원하지 않든 말이다. 당신의 기분도 마찬가지다. 우리는 보고, 듣고, 읽는 것으로 삶을 구성하는 존재이기 때문이다. 그리고 이 모든 자극을 가장 극적인 형태로 만나게 되는 공간이 바로 SNS다.

괜히 초조해지고 기분이 안 좋아질 때가 있다

SNS 특성상 행복한 모습, 기억하고 싶은 순간을 기록하는 패턴이 많다 보니 어느 정도는 꾸며진, 연출된 모습일 때가 많다. 맛있는 음식, 멋진 장소, 예쁜 옷, 행복한 우리의 모습 등. (그게 나쁘다는 말은 아니다.) 하지만 누군가의 일상을 들여다본다는 게 항상 반갑고 유쾌한 것만은 아니다.

나는 다른 사람들보다 SNS를 사용하는 시간이 조금 더 긴

편이다. 페이스북, 인스타그램 등 여러 플랫폼에 다수의 채널을 동시에 운영하고 있기도 하고, 업무와 연관된 활동과 개인적인 활동 모두 SNS를 중심으로 이루어질 때가 많아서 어쩔 수 없는 측면도 있다. 그러다 보니 다양한 게시물을 볼 수밖에 없는데, 아무런 감흥이 없는 경우도 있지만 그 와중에 기분을 오르락내리락 움직이게 만드는 것들도 만나게 된다.

나도 모르는 사이 다른 사람과 자꾸 비교하게 되고, 축하할 일에 대해 진심으로 기뻐해 주기보단 괜히 마음이 초조해지는 걸 느낄 때도 있었다. 이렇게 되고 나니 고양이가 나오는 영상을 제외한 나머지 것들은 대부분 큰 의미가 없는 것들이라는 생각까지 들기 시작했고, 무분별한 광고나 자극적인 뉴스 그리고 궁금하지 않은 사람들의 일상을 만나는 일이 피로하게 느껴져 접속 빈도를 조절하는 중이다.

당신의 마음을 괴롭게 하거나 기분을 안 좋게 하는 등 부정적인 방향으로 영향을 받고 있다는 생각이 들면, 잠시 SNS 사용을 중단하는 것도 좋다. 굳이 여기서까지 스트레스를 받을 필요는 없으니 말이다. 때로는 그만하는 것도 의미 있는 결단이 된다.

조심히 다뤄야 하는 예쁜 칼, SNS

하지만 순기능도 무시할 수는 없다. 많은 사람들이 사용하는 것에는 그만한 이유가 있는 거니까. SNS라는 칼을 무의미하게 휘둘러대는 게 아니라 분명한 목적성을 가지고 사용하는 사람들이 있다. 그런 부류의 사람들은 이 공간에서 스트레스를 받는 게 아닌, 의미 있는 공간으로 만들기 위해 끊임없이 고민한다. 자신만의 스타일로 채널을 운영하며 퍼스널 브랜딩을 위한 발판으로 사용하기도 하고, 영감을 기록하기 위한 노트 용도로 사용하기도 한다.

칼은 날카롭게 갈릴수록 제 역할을 잘 수행할 수 있다. 그러나 이 칼은 누가, 어떻게, 어떤 목적으로 사용하느냐에 따라 완전히 다른 존재가 된다. 상한 부분을 도려내기도 하고, 무언가를 공격하기도 하고, 불필요한 부분을 다듬는 용도로 사용되기도 한다. 편리함을 주는 도구와 사람을 상처 입히는 도구가 같은 형태를 띠고 있다는 건 아이러니한 일이다. SNS가 그렇다. 그런 의미에서 SNS는 조심히 다뤄야 하는 예쁜 칼이다. 겉으로 보면 너무나 화려하고 예쁜, 목표한 바를 이룰 수 있도록 도와

주는, 그러나 타인에게 상처를 주기도 쉬운 그런 것.

　당신은 SNS를 어떻게 활용하고 있는지 궁금하다. 다른 사람의 소식이나 여러 이슈를 접하는 공간으로 사용하고 있는지, 아니면 자신의 감정과 일상, 관심사 그리고 기분을 표출하기 위한 목적으로 사용하고 있는지 말이다. 이왕 시간을 많이 보내는 곳이라면 부정적인 영향을 최소화하고 그것으로부터 휘둘리지 않도록 하자. 가장 좋은 형태의 도구가 되어 당신의 인생에 의미를 지닌 공간이 될 수 있도록 말이다.

||||||||||||||||||||||||||||||||||||||||||||||||

우리의 삶에 SNS는 이미 떼어놓을 수 없는 도구가 되었다. 그러나 SNS가 당신의 마음을 괴롭게 하거나 기분을 안 좋게 하는 등 부정적인 방향의 영향을 받고 있다는 생각이 들면, 잠시 사용을 중단하는 것도 좋다. 굳이 여기서까지 스트레스를 받을 필요는 없으니 말이다. 이왕 시간을 많이 보내는 곳이라면 부정적인 영향을 최소화하고 그것으로부터 휘둘리지 않도록 하자. 가장 좋은 형태의 도구가 되어 당신의 인생에 의미를 지닌 공간이 될 수 있도록 말이다.

||||||||||||||||||||||||||||||||||||||||||||||||||||||||||||||||||||||||||||||||||||

Chapter3
다른 사람이 내 기분을 좌우하도록 방치하지 말 것

08
거절을 못해서
힘든 순간이
있다

나쁜 상황을 만들면 나쁜 사람이 된다

언젠가 한 번은 직장 상사 때문에 너무 힘든 시기가 있었다. 커뮤니케이션 방식도 맞지 않고, 업무 스타일도 달랐기에 프로젝트를 함께 진행하는 것 자체가 곤욕스러웠다. 그의 우유부단한 태도는 과할 정도로 잦은 의사결정의 변경을 가져왔고, 언제나 상대방의 편의를 봐주는 형태로 미팅을 진행하기 일쑤였기에 다른 팀 연관 업무를 쳐내느라 우리 팀원들이 몇 배로 고생하는 단계에 이르렀다.

물론, 사람은 착했다. 악한 사람은 아니었으니까. 그러나 거절도 못 하고, 협상할 줄 모르고, 눈치가 없고, 착하기만 한 팀장이 만든 것들은 대체로 나쁜 상황들이었다. 더욱 처참한 것은 이런 사람이 리더로 있는 조직은 참담한 상황을 맞이할 가능성이 매우 크다는 것이다.

예컨대 능률과 성과가 중요한 회사에선 일을 잘하지 못하면 나쁜 사람이 된다. 절차와 실행이 중요한 군대에선 눈치 없이 행동하면 나쁜 사람이 된다. 착하지만 일을 못 한다거나 똑똑한데 눈치가 없다는 등의 평가를 받는 사람을 본 적이 있을 것이다. 이건 나쁜 사람이라는 평가를 받았다고 생각해도 과언이 아니다. 사람의 심성이 선하고 악한 것과 이것은 별개다. 나쁜 상황을 만들면 나쁜 사람이 된다.

단호함이 필요한 순간이 있다

단호함이 필요한 순간이 있다. 자신이 정해놓은 기준선을 누군가 혹은 무언가가 함부로 침범했을 때 그것들을 끊어내기 위함이다. 마음속에서 거절하기 원하는 것을 억지로 받아들일 경우, 자신이 속한 공동체에 피해를 끼치게 되거나 스스로를 스트레스 상황에 내던져놓게 된다.

우리는 마음이 허락하지 않는 무언가를 억지로 하게 되면 괴상한 결과물을 만들게 된다는 것을 알고 있다. 때로는 책임지기 어려운 것들은 처음부터 손을 대지 않는 것도 필요하다.

단호하게 거절하라는 말은 하기 싫거나 원하지 않는 걸 무조건 튕겨내라는 말이 아니다. 스스로를 망가뜨리지 않기 위한 최소한의 방어선을 구축해야 한다는 뜻이다. 착하게 살아가는 건 중요한 일이지만, 자신의 목소리가 없는 사람이 되지는 말자. 당신의 인생에 당신이 없는 것만큼 비참한 일이 없으니까.

나를 지키기 위해 필요한 것, 거절

거절은 스스로를 지키기 위해 필요한 것이고, 당연히 이것도 연습이 필요하다. 거절도 잘하는 방법이 있고, 한 번이라도 해본 사람이 잘한다.

당신의 정신건강을 위해 거절하기로 결정하라. 부탁을 받았다고 무조건 들어줄 필요는 없다. 아니다 싶은 느낌이 드는 건 아닌 게 맞다. 빌려달라는 부탁에 억지로 내어줄 필요는 없다. 곤란한 질문에 대해선 대답하지 않아도 괜찮다. 마음을 불편하게 하는 건 굳이 끌어안을 필요 없다.

주변 사람들이 떠나갈 것에 대한 걱정은 하지 않아도 된다. 무례한 부탁을 들어줘야만 유지될 관계는 어차피 끝까지 지켜낼 수 없고, 곁에 남아있을 사람은 언제든 남아있을 것이다.

|||||||||||||||||||||||||||||||||||||||||||||||||||||||

당신이 정해놓은 마음의 기준선을 누군가 함부로 침범한다면 당신이 취해야 할 태도는 단호함이다. 거절은 스스로를 지키기 위해 필요한 것이고, 당연히 이것도 연습이 필요하다. 거절도 해본 사람이 잘한다. 주변 사람들이 떠나갈 것에 대한 걱정은 하지 않아도 된다. 무례한 부탁을 들어줘야만 유지될 관계는 어차피 끝까지 지켜낼 수 없고, 곁에 남아있을 사람은 언제든 남아있을 것이다.

|||||||||||||||||||||||||||||||||||||||||||||||||||||||||||||||||||||

09
다정함은
타고난
재능이다

다정함이라는 재능

가끔은 재능의 영역이 아닐까 느껴지는 것들이 있다. 예를 들면 다정함 같은 것들. 주로 예술이나 어학, 기술 영역의 능력을 재능이라고 표현하는 게 통상적이다 보니, 다정함이라는 감정적이고 추상적인 개념이 재능에 포함된다는 말이 낯설게 느껴질 수도 있겠다.

다정함이라는 단어를 보면 곧바로 떠오르는 사람이 있을 것이다. 내 주변에도 다정함 그 자체인 사람들이 있다. 잔정이 많고 자신의 온기를 나누어주는 일에 인색하지 않은 사람들. 이런 사람들은 자신의 마음과 타인의 기분에 많은 관심을 가지고 있다. 다정한 사람과 함께 있으면 편안함을 느끼고 기분이 좋아지는 걸 경험하게 되는데, 상대방으로 하여금 충분히 배려받고 있음을 느끼게 해주기 때문이다.

다정함이라는 재능은 어느 정도까진 연습과 연기력으로 보여줄 수 있으나, 다정한 태도를 오롯이 유지하는 건 꽤 많은 자원을 소모하는 일이기 때문에 노력만으로는 마지막까지 유지할 수 없다. 마치 타고나지 않으면 갖기 어려운 소질이 아닌가 라는 생각이 들 정도로 단순 훈련으로는 얻기 힘든 것, 그게 다정함이다.

다정한 태도를 유지한다는 것

자신의 기분을 챙기는 일도 힘들어 죽겠는데, 타인에게 나누어줄 온기까지 지녀야 한다고 생각하면 벌써부터 머리가 지끈하다. 실제로도 친절보단 냉소가 쉽고, 배려보단 무시가 편하니까.

다정한 사람들은 타인의 감정과 기분에 관심이 많은 만큼, 자기 기분의 변화에 대해서도 꽤 예민하다. 에너지가 안에서 밖으로 흐르기 때문에 사람을 만나면 충전이 된다기보단 소모가 되는 편에 가깝기도 하고. 그래서 이런 사람들은 다정한 태도를 오랫동안 유지하기 위한 자신만의 방법을 가지고 있는 경우가 많다. 스스로 재충전할 방법을 갖고 있지 못하면 에너지가 금방 고갈되기 때문이다.

다정함 치사량 초과

다정함은 신뢰와 비슷하다. 신뢰는 주는 게 아니라 타인으로부터 얻는 것처럼, 내가 내 마음대로의 방식으로 온기를 전한다고 다정한 사람이 되는 게 아니라 그걸 경험한 사람이 따뜻하다고 느낄 때 다정한 사람이 되는 것이다. 당신이 주변으로부터 다정하다는 말을 들을 때, 그제야 비로소 다정한 사람이 된다.

　이러니저러니 해도 역시 다정한 사람이 좋다. 당신이 다정한 사람이라면 자신의 기분을 마주하는 일에 익숙해서 좋을 것이고, 당신 주변에 다정한 사람을 둔다면 따뜻함을 느낄 수 있어서 좋을 것이다. 다정함이 재능이라고 느껴질 만큼 어렵지만, 그럼에도 최대한의 다정함을 보이는 일에 머뭇거리지 말라. 자신의 기분에도 타인의 감정에도 우리를 둘러싼 관계에도 그것만큼 좋은 일은 없다.

Point

조금 과장을 보태면 우리를 둘러싼 관계들은 다정함을 지닌 사람들을 중심으로 유지되고 있다고 해도 과언이 아니다. 다정함이 재능이라고 느껴질 만큼 갖기 어려운 소질이지만, 그럼에도 최대한의 다정함을 보이는 일에 머뭇거리지 말 것. 자신의 기분에도 타인의 감정에도 우리를 둘러싼 관계에도 그것만큼 좋은 일은 없다.

10
미워하는 일에는 많은 힘이 들어간다

마음속에 미움이 싹틀 때

사랑이 하고 싶을 때, 하고 싶은 모양으로 할 수 있는 게 아니듯 미움도 제멋대로의 형태와 불시의 타이밍에 마음에 싹을 틔운다. 미움에 이유가 있을 때도 있고 이유가 없을 때도 있다 (사실 미운 마음이 드는 이유를 알고는 있지만, 없다며 애써 덮어둘 때가 있기도 하고). 미워하는 마음이 커지면 혐오가 되고,

오랜 기간 혐오가 반복되면 증오가 된다.

　직장 생활을 하다가 직장 상사와 불화를 겪었다는 일화는 흔한 이야기다. 그러나 이 흔한 일이 내 이야기가 되어버리면 아예 다른 차원의 무게를 지닌다. 문제의 난도가 높거나 외적인 상황이 힘들면 오히려 다행이다. 사람이 미워지기 시작하면 극단적인 형태의 결말을 맞이하게 될 가능성이 커진다. 나의 경우엔 미워하는 마음을 해결하지 못한 나머지 내가 회사를 그만두는 쪽으로 결정을 내린 적도 있었다. 미운 마음을 가라앉히는 건 쉬운 일이 아니다. 미움의 대상이 되는 사람이나 상황과 어떤 형태로든 결별의 순간을 맞이해야 끝날 때가 많다.

　미움의 가장 큰 해악은 내 일상을 사랑하기 어렵게 된다는 데 있다. 등교가 고통스러워지고, 출근이 괴로워진다. 미워하는 일에는 그렇게나 많은 힘이 들어간다. 미운 마음을 가라앉히는 게 어려운 일이라는 건 모두가 알고 있다. 그리고 여기서 발생하는 가장 큰 문제는 누군가를 미워하는 과정에서 나 또한 스트레스와 상처를 받는다는 것이다.

미워하는 일에 오래 머무르지 않기

'사람과 상황을 미워하지 말고 오히려 사랑하라. 무조건적으로 용서하라.'라는 조언들은 때론 폭력적으로 다가올 때가 있다. 지금 힘들어하는 사람의 마음이 지옥일 경우엔 특히 더. 그래서 이 부분에 대한 이야기는 상당히 조심스럽다.

나는 인류애나 어떤 위인의 가르침, 종교적 신념을 끄집어내어 말하기 이전에 자기 자신을 위해 누군가를 미워하는 일에 너무 오래 머무르지 않아야 한다고 생각한다. 그게 당신을 위해서도 좋은 일이기 때문이다.

누군가를 미워하지 않아야 하는 이유가 내 영혼을 위해서라고 생각하면 마음과 기분이 한결 가벼워진다. 그 사람을 위해서가 아니라 오롯이 나를 위해서. 이렇게 생각하고 나면 내 마음을 지키기 위해 할 수 있는 일이 명확해진다. 사랑의 반대말이 미움이 아니라 무관심이라는 말처럼, 미움의 반대말도 사랑이 아닌 무관심이다.

|||||||||||||||||||||||||||||||||||||||||||||||||||||||||||||

미움의 가장 큰 해악은 내 일상을 사랑하기 어렵게 된다는
데 있다. 미워하는 일에는 많은 힘이 들어간다. 누군가를
미워하는 과정에서 나 또한 스트레스와 상처를 받게 된다.
누군가를 미워하지 않아야 하는 이유가 내 영혼을 위해서
라고 생각하면 마음과 기분이 한결 가벼워진다. 그 사람을
위해서가 아니라 오롯이 나를 위해서. 이렇게 생각하고 나
면 내 마음을 지키기 위해 할 수 있는 일이 명확해진다. 사
랑의 반대말이 미움이 아니라 무관심이라는 말처럼, 미움의
반대말도 사랑이 아닌 무관심이다.

|||||||||||||||||||||||||||||||||||||||||||||||||||||||||||||

11
도저히
웃어줄 여유가 없는데도
웃어야 하는 때가 있다

사람의 마음은 옥과 같아서

기분이 망가질 대로 망가졌는데도 미소를 보여야 하는 상황이 생기곤 한다.

중국 드라마 <사마의 : 미완의 책사>에 이런 대사가 나온다.

"사람의 마음은 옥과 같아서 한 번 깨지면, 산산조각 난

옥은 붙이려고 노력해도 절대 원래대로 돌아갈 수 없죠. 오늘 같은 결과를 맞이하게 될 걸 예상했습니다."

하루에도 여러 번, 크고 작은 일로 기분이 상하기도 하고 마음이 깨지기도 한다. 마음만큼 다루기 어렵고 섬세한 것이 또 있을까. 그럼에도 우리네 삶은 계속 이어진다. 도저히 웃어줄 여유가 없는데도 웃어야 하는 때가 있고, 누군가를 배려할 기분이 아님에도 친절을 베풀어야 하는 때가 있다. 미소를 보이는 것도 체력이 있어야 가능한 일이다.

tvN 드라마 <미생>에는 체력에 관한 조언이 나온다.

"네가 이루고 싶은 게 있다면 체력을 먼저 길러라. 네가 종종 후반에 무너지는 이유, 대미지를 입은 후에 회복이 더딘 이유, 실수한 후 복구가 느린 이유, 다 체력의 한계 때문이야. 체력이 약하면 빨리 편안함을 찾게 되고, 그러면 인내심이 떨어지고 그리고 그 피로감을 견디지 못하면 승부 따위는 상관없는 지경에 이르지. 이기고 싶다면 네 고민을 충분히 견뎌줄 몸을 먼저 만들어. 정신력은 체력의 보호 없이는 구호밖에 안 돼."

이유가 있든 없든 기분이 안 좋을 수 있다. 이렇게 기분이 안 좋은 순간에도 누군가는 당신에게 말을 걸고, 농담을 건넬 수 있다. 좋은 태도, 친절한 모습, 성의 있는 대답과 경청, 따스한 미소와 눈 맞춤까지도 모두 체력이 있어야만 가능한 일이다. 체력이 떨어지면 마음이 원해도 몸이 따라주지 않으니 말이다. 30대 직장인이 운동이 '건강해지기 위해서'라기보단 '일상을 유지하기 위해서'라는 것도 이런 이유가 아닐까.

생활습관과 체력이 우리의 기분과 태도에 미치는 영향이 지대하다. 편안한 잠자리를 가지는지, 만족스러운 식사 시간을 가지는지, 체력을 길러내기 위한 활동을 하고 있는지 돌아봐야 하는 이유가 여기에 있다.

관계도 포기가 가능하다

당신의 기분을 끝까지 숨기면서까지 유지해야 하는 관계라면, 머지않아 끝을 맞이하게 된다. 아닌 건 아닌 거니까.

언젠가 정려원 씨가 On Style 예능 프로그램 <살아보니 어

때? >에 출연하여 자신의 속마음을 이야기한 적이 있다.

"내가 항상 (관계를 유지하는데) 목을 매니깐 어느 날 우리 엄마가 나한테 '려원아 사랑은 구걸이 아니야'라고 딱 이야기하는데, 거기서 내가 미친 듯이 붙잡다가 딱 났어. 관계를 유지하기 위해 노력은 필요하지만 구걸은 아닌 거야. 엄마 말을 듣고 엄청나게 울었어."

때로는 아껴왔던 것들에 대해서 냉정하게 뒤돌아서는 것도 필요하다. 스스로를 지키기 위해서, 덜 상처받기 위해서. 원활한 사회생활을 위해 미소를 띤 가면을 써야 하는 순간이 분명 있지만, 계속 가면을 써야만 유지가 되는 관계가 있다면 그것을 유지하는 일에 목매지 않기를 바란다. 무엇보다 당신의 감정과 기분이 가장 중요하다. 당신이 행복해지는 것이 당신을 소중하게 생각하는 사람들에게도 중요하다.

Point ||||||||||||||||||||||||||||||||||||||||||||||||||||||||

때로는 아껴왔던 것들에 대해서 냉정하게 뒤돌아서는 것도
필요하다. 스스로를 지키기 위해서, 덜 상처받기 위해서. 원
활한 사회생활을 위해 미소를 띤 가면을 써야 하는 순간이
분명 있지만, 계속 가면을 써야만 유지가 되는 관계가 있다
면 그것을 유지하는 일에 목매지 않기를 바란다. 무엇보다
당신의 감정과 기분이 가장 중요하다. 당신이 행복해지는
것이 당신을 소중하게 생각하는 사람들에게도 중요하다.

||||||||||||||||||||||||||||||||||||||||||||||||||||||||||||||||||||||||||||||

Chapter3
다른 사람이 내 기분을 좌우하도록 방치하지 말 것

12
말이 많아지면
필연적으로
실수가 발생한다

말실수를 한 날의 기분

기분이 엉망이 되는 여러 순간들 중에서도 최악에 가까운 건 말실수를 한 날이다. 내 경우엔 말실수를 하거나 후회할만한 말을 하고 나면 일정 기간 동안 급격하게 말수가 줄어든다.

생각하고 한 말에 발이 달렸다면 실수가 담긴 말에는 날개가 달려있다. 한 번 내뱉은 말은 되돌릴 수도 없고, 의도와 다르게 오해가 생길 때도 있다. 차분하게 설명하거나 차근차근 풀어내면 문제가 해결되곤 하지만 이 또한 쉬운 일이 아니다. 예로부터 동서고금을 막론하고 '혀'를 잘 다스려야 한다는 내용의 격언이 많은 것엔 이유가 있다.

말이 많아지면 필연적으로 실수가 발생한다. 안 해도 되는 말, 안 해야 하는 말, 안 하고 싶은 말의 경계가 모호해져 자신이 무슨 말을 하고 있는지 헷갈리거나 실수를 덮기 위해 거짓말을 하게 되는 경우도 있다(거짓말은 또 다른 거짓을 낳기도 하고).

자신만의 대화 원칙 세우기

누군가와 대화를 하거나 사람들 앞에서 이야기할 때 몇 가지 자신만의 원칙을 세워놓는 게 좋다. '다른 사람의 말을 중간에 끊지 않는다'와 같은 것들을 예로 들 수 있겠다.

대화의 기본 속성은 상대방의 의도를 정확히 파악하고 그에 맞는 내용으로 화답하기 위해서라는 걸 기억해야 한다. 상대방의 기분이 좋아지게 만들기 위해서가 아니라 제대로 소통하기 위해서 필요한 것이 대화의 원칙이다. 대화의 간격을 지배하는 사람들은 자신만의 원칙들을 견고하게 유지하고 있다.

다음은 내가 가지고 있는 대화의 원칙들이다.

- 필요 이상으로 너무 많이 말하지 않기
- (되도록) 말을 중간에 끊지 않고 끝까지 듣기
- 불편한 순간을 모면하기 위해 (사소한 것도) 거짓말하지 않기
- 생소하거나 낯선 단어를 사용하며 말하지 않기
- 너무 긴 문장으로 말하지 말고 짧게 끊어서 이야기하기
- 다른 사람의 소문, 험담 옮기지 않기
- 칭찬은 내가 느낀 것에 대해서만 하기
- 가르치려는 톤으로 이야기하지 않기
- 함부로 단정 짓거나 사람, 상황에 대한 편견 가지지 말기
- 상대방의 말에 동의한다면 같은 생각이라고 말하기
- 이야기를 잘 듣고 있다는 걸 상대가 인지하게 반응하며 듣기
- 모르는 내용은 모른다고 솔직히 이야기하고 추가 설명 한 번 더 요청하기

이렇게 자신이 가지고 있는 대화의 원칙들을 나열해보면 개수가 꽤 많은 걸 알 수 있는데, 사실 이런 것들을 하나하나 다 신경 쓰면서 대화를 이어나가는 건 꽤 어려운 일이다. 그만큼 어려운 일이기 때문에 대화를 이끌어가는 수준이 그 사람의 품격이 되곤 한다. 대화의 시간만큼 그 사람의 습관이 잘 드러나는 순간이 또 있을까. 말의 품격은 하루아침에 만들어지는 것이 아니다.

자신이 감당할 수 있는 원칙의 범위 안에서 대화를 진행할 수 있다면 말로 인해 발생하는 실수의 빈도를 대폭 줄일 수 있다. 당신이 반드시 지켜내는 대화의 원칙은 무엇이 있는가?

말이 많아지면 필연적으로 실수가 발생한다. 생각하고 한 말에 발이 달렸다면 실수가 담긴 말에는 날개가 달려있다. 한 번 내뱉은 말은 되돌릴 수도 없고, 의도와 다르게 오해가 생길 때도 있다. 말실수의 빈도를 대폭 줄이기 위해 자신만의 대화 원칙을 세우는 것이 좋다. 대화의 시간만큼 그 사람의 습관이 잘 드러나는 순간이 또 있을까. 말의 품격은 하루아침에 만들어지는 것이 아니다.

||||||||||||||||||||||||||||||||||||||||||||||||||||||||||||||||||||

13

모든 게
내 잘못인 것처럼
느껴지는 상황이 있다

잘못한 일은 계속 생각이 난다

생각이 많아져 기분을 망치는 순간이 있다. 바로 자신의 잘
못을 발견했거나 깨달았을 때다. 다양한 이유로 머릿속이 복잡
할 수 있지만, 특히 잘못한 일은 계속 생각이 난다. 생각이 깊어
질수록 아쉽고, 돌이켜볼수록 후회가 된다. 잘못을 깨달은 우
리는 마주하길 포기하고 회피하거나, 안타까워하며 후회를 하

거나, 인정하고 사과를 하거나, 반복하지 않기 위해 노력하기로 결정한다.

후회는 '할 수 있었던 일'에 대해서만 가능하다. 할 수 없었던 일에 대해선 후회할 필요도 없고 의미도 없다. 잘못도 마찬가지다. 자신이 '선택할 수 있었던 것'과 그것으로 인해 초래된 결과에 대해선 아쉬움이 남을 수 있다. 그러나 자신의 의도나 능력 밖에서 벌어진 일에 대해서까지 끌어안으면서 스트레스를 받을 필요는 없다. 어떤 노력을 해도 발생할 일은 발생한다. 그러니 그 문제의 원인을 스스로에게서 찾느라 너무 애쓰지 않아도 괜찮다.

사람은 고쳐 쓰는 게 아니다

우리는 치열한 삶의 현장에서 다양한 사람을 만나게 된다. 정신적으로 힘이 되는 사람도 있고, 도움이 되는 조언을 주는 사람도 있고, 실질적인 해결 방안을 만들어주는 사람도 있을 것이다. 그 과정에서 특히 경계해야 하는 유형의 사람이 있다

(만나지 않을 수 있으면 좋겠지만). 모든 결과에 대한 책임과 잘못이 당신에게 있는 것처럼 몰아가는 사람, 당신의 자존감을 낮아지게 만드는 사람, 당신으로 하여금 '내 잘못인가? 나한테 문제가 있는 건가?'라는 생각을 가지게 하는 사람, 당신의 가치를 몰라주는 사람이다.

몇 년 전 커뮤니티 사이트 <오늘의 유머>에는 이런 댓글이 올라와 크게 화제가 된 적이 있다.

"'이 사람은 한 가지만 고치면 좋은 사람이야'라는 사람의 대부분은 그 한 가지 때문에 좋은 사람이 되질 못 해요."

안 그래도 피곤하고 힘든 인생인데, 이런 사람들한테까지 휘둘리기 시작하면 답이 없다. 모든 인연이 소중하지만, 그렇다고 모든 사람을 다 챙겨야 할 의무는 없음을 기억하라. 내 인생에 사람을 들여놓는 것도 어느 정도는 핏이 맞아야 가능한 일이다.

당신을 만만하게 보거나, 함부로 대하거나, 모든 책임을 당신에게 떠넘기거나, 불필요한 참견을 하면서 관심으로 포장하거나, 뒤로 험담하며 소문을 만들거나, 필요할 때만 찾는 사람들. 딱 봐도 악연인 사람들과의 관계를 유지하느라 무리하지 말자.

JTBC 드라마 <SKY 캐슬>에 나온 대사처럼 연장은 고쳐 써도 되지만, 사람은 고쳐 쓰는 게 아니다.

자신의 가치를 다른 사람이 결정하게 두지 말 것

가치는 신뢰 있는 평가가 동반돼야 의미를 가지지만, 당신의 가치는 단순히 외부에서 매길 수 있는 값이 아니다. 누군가가 당신을 임의로 정의할 수도 없을뿐더러, 당신의 가치는 스스로 더 높은 수준으로 올려놓을 수 있는 것이기 때문이다. 다른 사람의 시선과 평가만 신경 쓰는 것만큼 자기 자신에게 미안한 일이 또 있을까.

잘못은 누구나 한다. 실수는 흔한 일이다. 실패의 기분은 일시적이다. 시행에는 착오가 있을 수 있고, 나는 당신이 더 좋은 방향으로 인생을 이끌어갈 수 있을 것이라 믿는다. 자신의 가치를 다른 사람이 결정하게 두지 말라. 당신을 믿고 응원하는 사람들에게 당신의 가치를 증명할 때가 바로 지금이다.

Point

잘못한 일은 계속 생각난다. 생각이 깊어질수록 아쉽고, 돌이켜볼수록 후회가 된다. 하지만 후회는 '할 수 있었던 일'에 대해서만 가능하다. 할 수 없었던 일에 대해선 후회할 필요가 없다. 잘못도 마찬가지다. 자신이 '선택할 수 있었던 것'과 그것으로 인해 초래된 결과에 대해선 아쉬움이 남을 수 있다. 그러나 자신의 의도나 능력 밖에서 벌어진 일에 대해서까지 끌어안으면서 스트레스를 받을 필요는 없다. 어떤 노력을 해도 발생할 일은 발생한다. 그러니 그 문제의 원인을 스스로에게서 찾느라 너무 애쓰지 않아도 괜찮다.

14

위해주는 척하며 상처를 주는 말도 있다

내가 원한 적 없는 말

위해주는 척하며 상처를 주는 말도 있다. 당신이 원한 적 없었던 조언들이 보통 그런 속성을 지니고 있다. 당신을 위한다는 핑계로 얼마나 많은 말들이 당신에게 쏟아지고 있는지 생각해 보라. 말하는 사람의 만족을 위해 탄생한 문장들은 당신을 위한 말이 아니다.

누군가와 대화를 하다가 기분이 상한 순간들을 생각해 보면 어김없이 표정과 말투, 톤이 문제였다. 그런데 나를 위해주는 척하며 던져지는 말들은 겉으로 보이는 이 형태마저 따뜻한 모습으로 포장될 때가 많다.

말을 잘하는 사람들은 상대방을 휘어잡는 대화 기술을 가지고 있기 때문에 어영부영 끌려갈 가능성이 크다. 내용에 주목하고 필요한 부분만 걸러 듣는 연습이 필요한 이유다. 당신을 위해주는 느낌이 담긴 톤에 속지 말자. 정말 당신을 위한 말이 맞는지 내용을 꿰뚫는 시선을 지녀야 한다.

다른 사람을 제물로 바치는 말

당신을 위한다는 이유로 만들어진 말 중에서 반드시 경계해야 하는 형태의 문장이 있다. 바로 다른 사람에 대한 뒷담화다.

JTBC 예능 프로그램 <마녀사냥>에서 신동엽 씨는 이런 말을 한 적이 있다.

"살면서 그런 거 느끼지 않아요? 누군가에게 다른 사람

의 험담을 했을 때 상대가 정말 친밀한 관계가 아닌 이상 다 돌아온다는 것. 예컨대 '신동엽 그놈이 계속 네 얘기 하고 다니더라!'와 같은. 그렇게 다른 사람 얘기를 하지 말아야 된다는 걸 어렸을 때 깨달아서 지금은 전혀 안 해요. 어떤 사람들이 '누가 나를 욕한 것'을 나에게 전한다면, 그 얘기를 전한 사람과 관계를 끊어요. 어쨌든 진짜 말조심해야 해요. 특히 나이가 어리거나 사회생활 경험 적으신 분들은 진짜 말조심하세요! (거듭 당부)"

다른 사람을 깎아내리면서까지 당신을 높여준다면 곧바로 경계를 시작하라. 뒷담화가 바로 여기에서 시작된다. 당신을 위로하는 일에 다른 사람의 험담이 얹힐 필요는 없다. 다른 사람을 제물로 바치는 말을 경계할 것. 그렇게까지 하면서 위로를 받지는 않아도 된다.

위해주는 척하며 상처를 주는 말도 있다. 당신이 원한 적 없었던 조언들이 보통 그런 속성을 지니고 있다. 당신을 위한다는 핑계로 얼마나 많은 말들이 당신에게 쏟아지고 있는지 생각해 보라. 말하는 사람의 만족을 위해 탄생한 문장들은 당신을 위한 말이 아니다. 말투와 톤에 속지 말자. 정말 당신을 위한 말이 맞는지 내용을 꿰뚫는 시선을 지녀야 한다.

Chapter3
다른 사람이 내 기분을 좌우하도록 방치하지 말 것

15
내 기분 때문에
힘든 사람들도
있다

기분에는 솔직하되 표현하는 일에는 신중할 것

몇 년 전부터 트위터 등 SNS에는 '기분이 태도가 되지 말자'
라는 말이 유행처럼 번져나갔다. 오랜 시간이 지나도 계속 회
자될 수 있는 좋은 문장이라고 생각한다. 솔직한 모습과 당당
한 태도를 견지하는 건 중요한 일이지만, 타인에게 자신의 감
정과 기분을 여과 없이 쏟아내는 사람들이 많아지다 보니 모두

가 이런 상황에 피로감을 느끼고 있는 것 같다.

MBC 예능 프로그램 <우리 결혼했어요>에서 요나구니 스스무 셰프가 조세호 씨에게 결혼생활과 부부 싸움에 대해 조언을 하는 장면이 나온다.

"대화를 할 때는 항상 자기 자신을 체크해야 해요. 상대방을 이기려고 대화하고 있는지, 문제를 해결하려고 대화하고 있는지."

기분에 솔직한 것과 표현에 솔직한 것 사이엔 큰 간격이 존재한다. 자신의 기분이 어떤지 솔직하게 마주하는 일은 꽤 중요한 일이다. 그러나 그걸 외부로 표출하는 일에는 신중해야 한다. 자신이 느끼는 기분에는 솔직하되 표현하는 일에는 신중할 것. 누구도 타인의 감정 쓰레기통이 되어야 할 의무는 없다. 당신이 함부로 대하는 그 사람도 누군가에겐 둘도 없는 소중한 존재라는 걸 잊어선 안 된다.

누구나 자신만의 싸움을 하고 있다

19세기에 활동했던 영국의 소설가 이완 맥클라렌Ian Maclaren의 문장이 지금까지도 많은 사람들에게 인용되고 있다.

"Be kind, for everyone you meet is fighting a hard
"친절하세요. 당신이 만나는 모든 사람들은 힘든 전투를 벌이고 있습
battle."
니다."
- 이완 맥클라렌Ian Maclaren

누구나 각자의 삶을 이끌고 가기 위한 나름의 싸움을 치르고 있다. 그러니 타인을 대하는 기본 태도는 친절함으로 설정하는 것이 맞다. 타인에 대해서, 타인이 처한 상황에 대해서 잘 모를수록 더욱 조심하고 친절할 것. 미지의 영역을 만났다면, 그것을 가볍게 대하거나 쉽게 생각하지 않는 게 좋다.

거칠고 난폭한 방식으로 운전을 하면서도 큰 사고가 나지 않는 건, 그 사람이 운전을 잘하거나 순발력이 좋아서가 아니다. 주변 운전자들이 모든 상황을 최대한으로 고려한 방어운전을 하면서 조심스럽게 도로를 달리기 때문이다. 이처럼 당신의 세계가 그동안 온전한 형태로 유지될 수 있었던 건, 어쩌면 당

신이 모든 상황에 잘 대처했기 때문이 아니라 당신의 감정과 기분을 누군가가 온 힘을 다해 감당해 주었기 때문일 수 있다.

자신의 감정과 기분을 주변 사람들에게 배설하듯 쏟아내지 말아야 한다. 대상을 잃어버린 화풀이와 이유가 실종된 짜증 그리고 파괴를 목적으로 하는 욕설까지. 생각보다 이런 실수를 범하는 사람들이 꽤 많다. 가까울수록 섬세하게. 아니, 가깝기 때문에 더욱 예의 있게 행동하라. 당신의 감정적 해소를 위해 곁에 있는 소중한 사람들을 땔감으로 사용하지 않아야 한다.

타인에게 상처를 입힐 수 있는 권리란 없다

세상에 쉬운 일 하나 없지만, 사람 마음만큼 어려운 일이 또 있을까. 마음이 안팎으로 단단해지면 어떤 어려움도 이겨낼 수 있는 힘을 지니지만, 어찌나 섬세한지 조금만 거칠게 다뤄도 쉽게 상처가 생기고 아프다. 통증이 가라앉기까지도 꽤 오랜 시간이 걸리고.

상냥한 말 한마디가 누군가의 기분을 며칠 내내 좋게 하기도 하고, 생각 없이 던져진 날카로운 말 한마디에 누군가는 주저앉기도 한다. 사람을 일으키는 것도, 넘어뜨리는 것도 말 한마디에 달려있다고 해도 과언이 아니다.

일본 후지TV에서 방영한 애니메이션 〈안녕! 보노보노〉에는 이런 대사가 나온다.

"보노보노, 자기감정대로만 행동하면 상대방은 곤란해하고 때로는 상처를 입기도 한다는 거야."

타인의 마음에 상처를 입힐 수 있는 권리란 없다. 그 누구에게도 말이다. 정말 강한 사람은 자신의 감정을 잘 처리하는 것뿐만 아니라 타인의 기분에 대해서도 예의 있는 태도를 지닌다.

함부로 선을 넘지 않고, 경계를 존중할 줄 아는 것에서 인성이 드러난다. 이왕 살아가는 거, 자신을 둘러싼 것들에 대해 품격 있는 태도를 지닌 삶이 좋겠다. 사랑과 인정을 담은 눈빛을 지닌 당신에겐 언제나 좋은 사람들이 함께할 것이 분명하다.

기분에 솔직한 것과 표현에 솔직한 것 사이엔 큰 간격이 존재한다. 자신의 기분이 어떤지 솔직하게 마주하는 일은 꽤 중요한 일이다. 그러나 그걸 외부로 표출하는 일에는 신중해야 한다. 누구나 각자의 삶을 이끌고 가기 위한 나름의 싸움을 치르고 있음을 기억해야 한다. 타인의 마음에 상처를 입힐 수 있는 권리란 없다. 그 누구에게도 말이다. 정말 강한 사람은 자신의 감정을 잘 처리하는 것뿐만 아니라 타인의 기분에 대해서도 예의 있는 태도를 지닌다.

||||||||||||||||||||||||||||||||||||||||||||||||||||||||||||||||||||||||||||||

16

연극은 언젠가
끝나기
마련이다

감정의 민낯을 마주하는 일

꽤 오래전, 그러니까 싸이월드를 한창 이용하던 시절부터 사랑과 결혼에 관련한 명언으로 꾸준히 언급되고 있는 글이 있다.

"그 사람과 같이 있을 때 가장 나다워질 수 있는 사람과 결혼하십시오. 괜히 꾸미거나 가식적이지 않은 편안한 나의 모습을 그대로 보여줄 수 있고, 그런 모습을 사랑해 줄 수 있는 사람을 만나세요. 연극은 언젠가 끝나기 마련입니다."

- 유희열

나는 이렇게 민낯을 보이는 일은 겉모습뿐만 아니라 우리의 기분과 감정에도 반드시 필요한 작업이라고 생각한다. 감정의 민낯을 마주하는 일이 괴롭게 느껴질 수 있다. 하지만 애써 괜찮은 척 만 하다가 소중한 것을 잃어버리는 것보단 낫다.

슬프지만, 자신의 감정에 솔직해지지 못하고 괜찮은 척만 하다가 마음이 상해버리는 것은 많은 사람들에게 제법 익숙한 일이 되어버렸다. 혼자 괜찮은 척하다가 상처받았던 일. 솔직해지지 못해서 후회했던 일. 나를 잃어버려서 속상했던 일까지. 살아가면서 지켜야 할 것들이 한두 가지가 아니지만, 그중에서도 자신의 마음을 지키기 위한 일에는 특히 전심과 전력을 다해야 한다. 게다가 자기 자신 말고는 그 누구도 정확히 알기 어려운 영역이기도 하다. 마음이라는 것은.

마음이 느끼는 것에 대해 솔직해져도 괜찮다. 기쁨은 표현할수록 커지고, 슬픔은 더 깊은 내면을 만나게 한다. 우리, 괜찮은 척은 여기까지만 하기로 하자.

어른도 아프다

모두가 처음 살아보는 인생이라 언제나 서툴고 실수한다.
유혹에 흔들리지 않는 40대가 되면 다를까? 인생의 절반을 넘
어선 50대가 되면 모든 게 초연해질까?

배우 윤여정 씨가 방송에서 이런 말을 남긴 적이 있다.

**"60이 되어도 몰라요. 나도 처음 살아보는 거잖아. 나 67
살이 처음이야. 알았으면 내가 이렇게 안 하지. 누구나 처음
태어나 처음 살아보는 인생이야. 그래서 항상 아쉬울 수밖에
없고, 아플 수밖에 없고, 인생을 계획할 수가 없어. 그냥 사는
거야. 나도 이 나이는 처음이야."**

어쩌면 우리는 죽기 직전까지도 '아, 이제 좀 어른이 되었
다'라는 느낌을 가져보기 어려울 수도 있겠다. 존경하던 선배
의 나이가 되었음에도 스스로가 여전히 애송이로 느껴지는 것
처럼.

어른도 아프다. 나이가 들었다고 덜 힘들거나 고민이 줄어드는 게 아니다. 오히려 그 나이대에 맞는 어려움과 스트레스, 우울과 슬픔, 상처와 고통이 당신을 기다리고 있을 것이다. 이것들을 이겨내기 위해 감정을 처리하는 과정을 간단하게 만들어둘 필요가 있다. 떠오른 생각과 기분을 솔직하고 당당하게 마주하는 것. 삶을 주도적으로 이끌어가는 것에 이것보다 중요한 일은 없다.

진짜 기분을 보여줄 수 있는 관계도 필요하다

꾸밈없는 모습과 떠오른 생각들, 스치는 기분을 가감 없이 나눌 수 있는 관계가 있다면 성공한 인생이 아닐까. 말하지 않아도 서로의 기분을 너무 잘 아는 관계. 우리는 이걸 사랑이라고 부르기도 한다.

사랑은 그 어느 것 하나도 당연하게 여기지 않는다. 사랑은 자신을 화려하게 꾸미는 일에 치중하지 않는다. 사랑은 자신을 나누어주는 일에 인색하지 않다. 사랑은 허다한 불안을 덮는다. 사랑은 상대방의 마음을 구걸하지 않는다. 사랑은 표현하는 일에 게으르지 않다. 사랑은 같이 울어줄 줄 알며 수많은 가시를 덮는다. 사랑은 언제나 항상 진심이다.

　진짜 기분을 보여줄 수 있는 관계는 이런 사랑 안에서 가능하다. 언젠가 당신에게 그런 존재가 나타난다면, 그 따스함과 다정함을 절대 소홀히 대하는 일이 없기를 바란다. 당신 인생 밖으로 밀어내거나, 경계하느라 놓치지 말아야 한다는 말이다.

Point ||||||||||||||||||||||||||||||||||||||||||||||||

민낯을 보이는 일은 겉모습뿐만 아니라 우리의 기분과 감정에도 반드시 필요한 작업이다. 감정의 민낯을 마주하는 일이 괴롭게 느껴질 수 있다. 하지만 애써 괜찮은 척 만 하다가 소중한 것을 잃어버리는 것보단 낫다. 마음이 느끼는 것에 대해 솔직해져도 괜찮다. 기쁨은 표현할수록 커지고, 슬픔은 더 깊은 내면을 만나게 한다.

||||||||||||||||||||||||||||||||||||||||||||||||||||||||||||

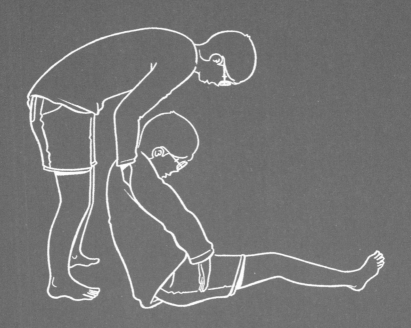

행복한 기분을
만들기 위한
조각을 모을 것

01
내 기분을
내가 바꿀 수 있음을
기억하기

이 기분, 내가 지금 당장 바꿀 수 있어

주변 사람들의 '힘내'라는 조언은 분명 소중한 것이지만, 때로는 공허한 느낌을 받을 때가 있다. 누군가가 조언한다고 그 방향대로 갈 수 있는 게 아니기 때문이다. 남의 탓이든 상황 탓이든 어떤 이유로든 기분이 꼬였을 때, 이 매듭을 풀어내는 것마저 내 몫인 게 현실이다. 내 기분을 방치하든지 전환하든지 모두 나 하기에 달려있다. 당신의 마음이 원하는 걸 누구보다 잘 아는 게 당신이고, 마음이 원하는 방향대로 이끌고 갈 수 있는 것도 당신이기 때문이다.

2020년 5월, 가수 아이유의 생일을 기념해 '아이유 없는 아이유 생일파티'라는 제목으로 기획된 인터뷰 포맷의 콘텐츠가 이담 엔터테인먼트 유튜브 채널을 통해 공개된 적이 있다.

팬

기분이 안 좋을 때 어떻게 푸시나요?

아이유

그럴 때는 몸을 빨리 움직여요. 집 안이라도 열심히 돌아다니고, 설거지를 한다든지 안 뜯었던 소포를 뜯는다든지. 우울한 기분이 들 때, 그 기분에 진짜 속지 않으려고 노력해요. '이 기분 절대 영원하지 않고, 5분 안에 내가 바꿀 수 있어.'라는 생각으로 몸을 움직여요. 진짜로.

기분을 전환하는 방법은 다양하고, 모든 사람이 각자의 방법을 지니고 있다. 누군가는 매운 음식을 먹고, 누군가는 좋은 영화 한 편을 본다. 누군가는 사람들을 만나 대화를 하고, 또 누군가는 집에서 혼자 시간을 보내는 방법을 가지고 있다. '몸을 빨리 움직인다'라는 방법은 아이유가 찾은 자신만의 기분 전환 방법일 것이다. 여기서 우리가 얻을 수 있는 교훈은 아이유의 방법이 아니라 가치관이다. 지금 자신을 지배하는 이 기분은 스쳐 가는 것이고, 절대 영원하지 않다는 것. 그리고 이 기분을 스스로의 의지로 반드시 바꿔낼 수 있다는 자세가 그녀의 정신을 건강한 방향으로 이끌고 있는 게 분명하다.

아픔과 슬픔, 괴로움을 느끼고 이것을 솔직하게 마주할 수 있는 용기가 있다는 건 당신이 건강하다는 증거일 수 있다. 지쳤다는 건 당신이 열심히 했다는 뜻이고, 서운하다는 건 당신이 그만큼 진심이었다는 것이니까.

상황을 단숨에 반전시키는 건 어려운 일이지만, 그에 비하면 생각의 흐름을 바꾸는 건 쉬운 일이다. 나를 지키는 방향으로 생각이 흘러갈 수 있게 한다면 기분이 내 일상을 무분별하게 삼키는 일을 막을 수 있다.

당신이 좋은 변화를 만들어낼 수 있는 능력을 가지고 있다고 스스로를 믿어줄 수 있기를 바란다. 자신을 아끼고, 응원하며 애틋하게 느낄 것. 마음은 그렇게 조금씩 단단해진다.

오히려 좋아

기분을 반전시키기 위한 필살의 무기를 지닌 사람들이 있다. 내 주변엔 혼란을 주는 상황 앞에서 '그럴 수 있어, 그럴 수도 있지'라며 의연하게 대처하는 친구나 '그래서 뭐? 어쩌라고!'라며 대수롭지 않게 무시하는 친구도 있다.

최근엔 침착맨의 방송에서 초-긍정 마인드가 담긴 말을 발견했는데, 바로 '오히려 좋아'다. 한동안 그가 자주 사용하던 '킹받네king+열받네'라는 표현을 나 또한 연발하며 감정을 표출하는 데 도움(?)을 받곤 했는데, 요즘엔 '오히려 좋아'라는 말에 도움을 받고 있다. 아이러니하게도 침착맨이 이 말을 사용하는 상황은 누가 봐도 안 좋은 상황이다. 의도를 벗어나 자칫 난처할 수 있는 상황인데도 그는 아무렇지 않게 '오히려 좋아'라는 말과 함께 엄지를 치켜든다. 상황이 아쉬울지언정 그의 정신은 언제나 승리한다. '오히려 좋아' 마인드로 살아가다 보면 어떤 형태로든 긍정으로 문장을 마무리하게 된다.

이처럼 상황을 어떻게 인식하고 소화하는지가 중요하다. 나에게 불어오는 모든 바람에 억지로 맞서지 않고, 흘러가거나 비껴가게 놔두는 것도 좋은 방법일 수 있다.

내 기분은 내가 정해

의미 없는 곳에 감정이 낭비되고 있는 것 같다는 생각을 참 많이 한다. 요즘 내 감정을 가계부로 적는다면 투자나 저축, 의미 있는 소비가 아니라 낭비에 닿아있는 지출이라는 생각도 들고.

디즈니 애니메이션 <이상한 나라의 앨리스>에는 이런 대사가 나온다.

"내 기분은 내가 정해. 오늘 나는 '행복'으로 할래."

인생이 한 번이라는 진리는 모두가 알고 있지만, 하루하루의 기분이 쌓여 인생이 된다는 걸 곱씹으며 살아가는 사람은 많지 않은 것 같다. 오늘 하루가 우리에게 주어진 선물이기에 그날의 감정이 의미 없는 곳에 낭비되지 않아야 한다. 오늘의 기분이 내 인생의 한 페이지가 된다고 생각하면, 얼른 행복한 기분으로 바꾸고 싶어 안달이 난다.

당신에게 의미 없는 곳에 소비할 여유분의 감정은 없다. 그러니 당신의 기분을 쓸모없는 일에, 스쳐 갈 인연에, 의미 없는 상황에 허비하지 말고 있어야 할 곳에 잘 두고 사용하자. 모든 건 생각하기 나름이다. 이왕이면 인생을 행복으로 채우기로 결정하는 게 더 좋은 방향이기도 하니까.

⸢ Point ⸥ ||||||||||||||||||||||||||||||||||||||||||||||||||

인생이 한 번이라는 진리는 모두가 알고 있지만, 하루하루의 기분이 쌓여 인생이 된다는 걸 곱씹으며 살아가는 사람은 많지 않은 것 같다. 오늘 하루가 우리에게 주어진 선물이기에 그날의 감정이 의미 없는 곳에 낭비되지 않아야 한다. 오늘의 기분이 내 인생의 한 페이지가 된다고 생각하면, 얼른 행복한 기분으로 바꾸고 싶어 안달이 난다. 당신이 좋은 변화를 만들어낼 수 있는 능력을 가지고 있다고 스스로를 믿어줄 것. 자신을 아끼고, 응원하며 애틋하게 느낄 것. 마음은 그렇게 조금씩 단단해진다.

||||||||||||||||||||||||||||||||||||||||||||||||||||||||||||||||||

Chapter4
행복한 기분을 만들기 위한 조각을 모을 것

02
재충전을 위한
나만의 방법
만들기

자신만의 탈출구 만들기

치열하게 살아가다 보면 자신도 모르는 사이에 스스로를 뒷전에 둘 때가 많다. 자신이 어떤 일에 위로를 받고, 힘을 얻는지도 모른 채. 아니, 그런 걸 생각할 여유조차 가져보지 못한 채 앞만 보고 달리곤 한다. 이런 주제에 대해 생각해 본다는 것 자체가 사치로 느껴질 때도 있고. 그렇기에 기분 전환을 위한 자신만의 방법을 만들어두는 건 더욱 중요한 일이 된다. 혼란스러움을 느끼는 순간에 자신을 지켜줄 수 있는 탈출구가 되기 때문이다.

재충전을 위한 일들은 생산적이거나 효율적이진 않을 수 있다. 위로를 주는 일들은 누군가가 볼 땐 의미가 없거나 낭비로 해석될 수도 있다. 하지만 어떻든 상관없는 일이다. 당신에게 즐거움을 주는 일에 대해서만큼은 타인에게 평가를 받거나 성과를 낼 필요가 없는 영역이다. 고여있는 마음에 흐름을 만들어주는 일이니 작은 일이어도, 사소한 변화라도 괜찮다. 당신의 주변을 환기하고 기분을 전환할 수 있다면 그것만으로도 이미 가치 있는 일이 된다. 하루를 기대하게 하는, 생각만으로도 설레게 하는 그것을 당신이 꼭 찾을 수 있기를 바란다.

행복한 기분을 만들기 위한 조각 모으기

이 책의 <Chapter 4>에서 나열되는 방법들은 누군가에겐 도움이 될 수도 있고 누군가에겐 스트레스를 주는 일일 수도 있다. 주말에 등산을 하면서 새로운 한 주를 이끌어갈 힘을 얻는 사람도 있지만, 생각만 해도 마음이 어려워지는 사람이 있는 것처럼. '자신에게 적합한 재충전 방법'을 발견해가는 과정이니, 이 부분에 대해선 열린 마음으로 다양한 이야기들을 부담 없이 만나는 시간이 되기를 바란다.

끝내주도록 완벽한 주말 보내기

여느 직장인들과 마찬가지로 나에게도 주말을 어떻게 보내는지가 너무나 중요하다. 평일엔 주로 에너지가 소모되는 일들뿐이라 주말에 재충전을 위한 시간을 갖는다. 끝내주도록 완벽한 주말을 보내기 위한 방법도 사람에 따라 천차만별인데, 내 경우에는 특별한 일정이 있지 않은 이상 하루는 생산적인 일을 하려고 애를 쓰고 남은 하루는 푹 쉬는 편이다. 당신의 주말이 완벽해지기 위해서 어떤 요소들이 포함되어야 하는지 고민해보자.

내 경우, 생산적인 일을 하는 날은 무언가를 배우는 일에 치중한다. 최근엔 동영상 강의 형태로 지식을 나누어주는 서비스가 많아져서 (사실 충동적으로 큰 금액을 결제했으니 반강제로 진도를 나가는 경우도 있긴 하지만) 관심 분야를 탐구하고 지식을 쌓는 일에 시간을 사용한다. 거칠게 쌓아놓은 메모를 살펴보며 정리하고, 한 주 동안 메일함에 쌓여있던 정보성 뉴스레터를 쭉 읽기도 한다. 역시 재미가 느껴지는 일을 할 때 가장 즐겁다. 이때 가장 높은 생산성이 발휘되기도 하고.

푹 쉬기로 결정한 날에는 밀린 빨래와 설거지, 쓰레기를 처리하고, 환기를 시키고, 집착에 가까운 수준으로 정리 정돈을 한 후 평소에 보려고 벼르고 있던 영화와 드라마 리스트를 훑는다. 일정을 유심히 지켜보면 쉬는 날에도 꽤 부지런히(?) 움직이는 편인데, 이렇게 얘기하면 지인들은 그게 무슨 푹 쉬는 거냐며 하루 종일 정말 아무것도 안 하고 끝내주게 누워있어야 푹 쉬는 거라는 말을 하기도 한다.

'쉼'의 정의가 사람마다 다른 게 분명하다. 나에겐 '밀린 일들을 다 처리하고 편안한 마음 상태를 유지하는 것'이 쉼이다. 쉼은 대단한 무언가가 아니다. 그저 나에게 편안함을 주는 것이라면 무엇이든 좋다. 오롯이 자신만을 위해 사용되는 시간이 쉼이니까. 포근한 이불에 파묻힌 채 늦잠을 자는 일, 고양이 영상을 보는 일, 따뜻한 물로 샤워하는 일, 영화를 보며 맥주 한 잔을 마시는 일, 덕질을 하거나 평소에 사고 싶었던 물건을 지르는 일도 쉼이 될 수 있다.

쉼을 '해낸다'가 아니라 '누린다'라고 표현하는 걸 보면, 과정 자체에 즐거움이 있는 게 아닐까.

Point |||||||||||||||||||||||||||||||||||||||||||||||||||||

기분 전환을 위한 자신만의 방법을 만들어두는 건 중요한 일이다. 혼란스러움을 느끼는 순간에 자신을 지켜줄 수 있는 탈출구가 되기 때문이다. 하루를 기대하게 하는, 생각만으로도 설레게 하는 그것을 당신이 꼭 찾을 수 있기를.

|||||||||||||||||||||||||||||||||||||||||||||||||||||||||||||||||

03
느낀 감정을
떠오른 그 순간에
바로 메모하기

메모의 효과

    나는 기억력이 엉망인 편이다. 과장을 조금 보태면 거의 대부분의 것들을 기억하지 못하는 수준인데, 그러다 보니 메모를 하는 일에 광적으로 집착하곤 한다. 아이러니하게도 메모의 효과는 더 많은 것을 머릿속에 유지시키는 데 있지 않다. 오히려 머릿속을 비우는 일에 유효하다. 메모가 되어있으니 언제든 꺼내 볼 수 있다는 사실에 안심하게 되고, 계속 기억해야 한다는 사실로부터 자유를 얻는다.

감정 메모하기

순간의 감정을 메모하는 것에도 비슷한 효과를 낼 수 있다. 메모를 하면서 감정을 분출하는 효과를 낼 수 있고, 자신이 느끼는 기분을 객관화할 수 있다. 내가 왜 화가 났는지, 왜 슬픈지 그리고 어느 부분에서 행복감을 느꼈는지 등. 잘 정리된 문장이 아니어도 괜찮다. 떠오르는 말을 무작정 써 내려가도 좋다.

계속 억누르기만 하면 결국 터져버리는 게 우리의 기분이다. 어떤 형태로든 내 안에서 밖으로 향하게 해야 하는데 그걸 받아줄 수 있는 대상이 없는 순간도 있다. 그럴 때는 있는 그대로의 기분을 솔직하게 메모해보자. 내 마음과 대화하는 일은 여기에서부터 시작된다.

느낀 감정을 떠오른 그 순간에 바로 메모하기

이 책의 <Chapter 5>에는 당신이 느꼈던 순간의 감정과 기분을 메모해둘 수 있는 공간이 마련되어있다. 필요에 따라 유용하게 사용되기를 바란다.

```
┌──────────────┐
│    Point     │||||||||||||||||||||||||||||||||||||||||||||
└──────────────┘
```

메모를 하면서 감정을 분출하는 효과를 낼 수 있고, 자신이 느끼는 기분을 객관화할 수 있다. 내가 왜 화가 났는지, 왜 슬픈지 그리고 어느 부분에서 행복감을 느꼈는지 등. 잘 정리된 문장이 아니어도 괜찮다. 떠오르는 말을 무작정 써 내려가도 좋다.

||||||||||||||||||||||||||||||||||||||||||||||||||||||||||||||||||||||||

04
여행이 주는
설렘
경험하기

낯섦이 주는 설렘

'예약된 비행기 티켓이 없으면 죽는 병'에 걸린 사람들이 있다. 몇 개월 뒤에 출국할 수 있는 항공편을 예약해두고, 그때만 기다리며 열심히 직장 생활을 하는 것이다. 버티기 힘든 현실을 이겨낼 동력도 얻고, 여행이야 당연히 즐거울 테니 여러모로 좋은 방법이라고 생각한다. 그동안 고생하며 번 돈을 자기 자신을 위해 어느 정도 흥청망청(?) 사용하면 기분이 전환되기도 하니까.

새벽 비행기를 타기 위해 무거운 캐리어를 들고나오는 발걸음부터 왠지 두근거리게 하는 공항의 분위기까지, 모든 과정이 설렘이 된다. 낯선 곳에서 어느 정도는 긴장을 유지하며 맛있는 음식을 먹고, 열심히 일하는 현지인들도 관찰하고, 새로운 경험을 하는 일은 즐거움을 주기에 충분하다. 호텔 침대가 푹신하면 더욱 좋고.

익숙함이 주는 편안함

내 경우에는 낯선 곳보단 조금 더 익숙한 국내 여행을 선호하는 편인데, 고민이 있거나 답답한 마음이 들면 바다를 볼 수 있는 코스로 여행을 떠나곤 한다. 답답한 마음이 들면, 나를 괴롭게 하는 생각들을 한 보따리 왕창 싸 들고 바다 앞에 던져놓고 오는 것이다. 맨발로 부드럽게 걸을 수 있는 해수욕장이면 더욱 좋다.

망가진 기분이나 힘든 기억을 특정 장소에 내려놓고 오는 작업을 여러 번 반복하고 나면, 그 장소를 벗어날 때 왠지 기분도 나아지는 걸 경험하게 된다. 익숙한 곳을 여행지로 선정하는 것에는 이런 유익함이 있다.

Point ||||||||||||||||||||||||||||||||||||||||||||||||||||||||||

일상으로부터의 탈출이 일상을 견고하게 한다. 버티기 힘든 현실을 이겨낼 동력이 되고, 새로운 바람을 느끼게 한다. 낯섦이 주는 설렘, 익숙함이 주는 편안함. 여행은 언제나 새로운 경험과 즐거움을 선사한다.

||||||||||||||||||||||||||||||||||||||||||||||||||||||||||||||||

05
만족스러운
식사시간
갖기

맛있는 걸 먹는 게 너무 좋다

언젠가 SNS에서 이런 글을 읽은 적이 있다. 우리에게 남은 여름이 100번도 남지 않았으니 과일 비싸다고 안 사 먹지 말고, 매년 제철 과일 맛있게 많이 먹으면서 행복하라고.

맛있는 음식을 먹는 일은 가장 확실하고 드라마틱하게 기분을 전환시키는 방법이다. 예로부터 우리 민족은 음식을 먹는 일에 과하다 싶을 정도로 진심이라, 음식이 주는 즐거움을 잘 알고 있고 어떻게 요리해야 더 맛있는지 그리고 어떻게 먹어야 더 만족도 높은 식사가 되는지 항상 고민해왔다.

구구절절하게 설명할 필요 없이 맛있는 음식을 먹으면 기분이 좋아진다. 국경과 시대를 초월해 모든 인류가 동일하게 경험해온 일이다.

매운 음식이 필요한 때가 있다

음식이 기분 전환을 위해 사용되는 순간들이 있다.

몇 년 전 다녔던 회사에서 자주 있던 일이다. 팀 프로젝트를 진행하다 보면 자연스레 스트레스가 심해지고 그렇게 다 같이 힘듦을 호소하는 날엔, 어김없이 점심에 매운 떡볶이를 시켜서 함께 먹었다. 그것도 겁도 없이 기본맛 말고 매운맛으로. 두피에 땀이 흐를 정도로 매운데도 꾸역꾸역 떡볶이를 다 먹고 나면, 불쾌했던 기분도 조금은 나아지는 걸 경험하게 된다(아, 물론 입에서 맛있다고 몸의 모든 장기가 그걸 좋아하는 건 아니다).

어쩌면 어렸을 적 우리네 부모님들이 퇴근길에 통닭을 사오시면서 집에서 맥주 한 잔하셨던 것도 '맛있는 음식이 있어야만' 그날의 기분을 풀어낼 수 있었기 때문이 아닐까.

음식도 취향이라 누군가는 매운 걸 먹으면서 기분을 풀기도 하고, 단 걸 먹으면서 기분을 전환하기도 한다. 확실한 건, 만족스러운 한 끼가 생각보다 많은 문제를 해결한다는 것이다. 이렇게 생각해 보니, 행복이 꽤 가까운 곳에 있다는 생각까지 든다.

부디, 당신이 언제나 맛있는 음식을 즐기면서 충분히 흔들어 넘치도록 행복했으면 좋겠다.

Point ||||||||||||||||||||||||||||||||||||||||||

맛있는 음식을 먹는 일은 가장 확실하고 드라마틱하게 기분을 전환시키는 방법이다. 만족스러운 한 끼가 생각보다 많은 문제를 해결한다. 당신이 생각했던 것보다 훨씬 더. 부디, 당신이 언제나 맛있는 음식을 즐기면서 충분히 흔들어 넘치도록 행복했으면 좋겠다.

||||||||||||||||||||||||||||||||||||||||||||||||||||||

06
사랑하는 사람들과 소중한 시간 보내기

한 사람만 있어도 모든 게 충분할 수 있다

타인에 의해 기분이 망가질 수도 있지만, 여전히 우리는 사람에게 위로받고 행복을 얻는다. 힘들어서 아무도 만나고 싶지 않을 때도 있지만, 힘들 때마다 위로와 응원이 되는 사람들도 있다. 사랑하는 사람들과 소중한 시간을 보낼 수 있다는 건 인간으로서 누릴 수 있는 특권 중에 하나다.

당신 곁에서 언제나 지지와 응원, 위로와 다정한 시선을 보내는 사람들이 있다. 당신의 인생이 흔들리거나 어려울 때 언제나 비빌 언덕이 되어주는 사람들. 이렇게 당신의 편이 되어주는 사람들은 어느 날 갑자기 당신의 인생에 등장하는 게 아니라, 온기가 유지되는 적당한 거리에 쭉 존재하고 있는 사람들이다.

JTBC 예능 프로그램 <효리네 민박>에서 이효리 씨가 남편 이상순 씨에게 이런 말을 한다.

"(밤하늘을 보며) 별 진짜 많아. 되게 신기하지 오빠. 계속 보고 있으면 더 많이 보이고 더 반짝이지? 나도 오빠가 계속 봐주면 더 반짝인다?"

어느 시점엔 주변에 사람이 많아야 한다는 생각에 인맥을 넓히기 위해 애를 썼던 때도 있었다. 그런데 시간이 지날수록 나에게 의미를 가지는 사람이 누구인지를 고민하게 되고, 자의든 타의든 조금씩 혹은 급격하게 인간관계가 정리되는 때가 온다. 당연히 주변에 사람이 많으면 좋지만, 숫자가 전부는 아니다. 많은 사람들에게 둘러싸여도 외로울 수 있고, 한 사람만 있어도 모든 게 충분할 수 있다.

좋은 사람, 소중한 시간, 행복한 기분

사람을 만나면 에너지가 소비돼서 집에 와서 쉬어야만 하는 사람도 있는 반면, 사람을 만나면서 에너지가 충전되는 사람도 있다. 당신이 사람을 만나서 충전이 되는 스타일이라면, 주변에 어떤 사람들이 있는지 꼭 한 번은 둘러보도록 하라.

의심 없이 솔직하게 이야기를 풀어놓을 수 있는 사람

오랜만에 만나도 여전히 편안함을 느낄 수 있는 사람

함께 있다는 사실만으로도 안정감을 주고 위로가 되는 사람

당신의 이야기를 잘 들어주는 사람

일상적인 이야기만 나누어도 행복을 느끼게 하는 사람

따뜻한 마음이 느껴지는 다정한 사람

화려한 문장으로 치장하지 않아도 진심이 전해지는 사람

유머, 귀여움 그리고 빡침 코드까지 대화 코드가 잘 맞는 사람

섬세함의 정도가 비슷한 사람

시기나 질투 없이 당신의 성공을 진심으로 축하해 주는 사람

당신의 친절을 당연하게 여기지 않는 사람

어려움을 겪는 순간에도 당신 곁에 있어 주는 사람

당신의 자존감을 지켜주는 사람

함께 추억할 이야기가 있는 사람

힘들다는 말에 '어디야, 당장 나와.'라고 말해주는 사람

　우리는 이런 좋은 사람들과 웃고 떠들며 소중한 시간을 보내고, 행복한 기분을 얻는다. 행복이라는 거, 멀리 있지 않음을 항상 기억하자.

```
┌─────────────────┐
│     Point       │ |||||||||||||||||||||||||||||||||||||||||||||
└─────────────────┘
```

당신 곁에서 언제나 지지와 응원, 위로와 다정한 시선을 보내는 사람들이 있다. 당신의 인생이 흔들리거나 어려울 때 언제나 비빌 언덕이 되어주는 사람들. 이렇게 당신의 편이 되어주는 사람들은 어느 날 갑자기 당신의 인생에 등장하는 게 아니라, 온기가 유지되는 적당한 거리에 쭉 존재하고 있는 사람들이다.

|||||||||||||||||||||||||||||||||||||||||||||||||||||||||||||||||

Chapter4
행복한 기분을 만들기 위한 조각을 모을 것

07

흔들리는 마음을
붙잡아줄
좋은 문장 확보하기

감정 기복이 심한 편입니다만

나는 꽤 예민한 편이다. 스트레스를 많이 받는 편이기도 하고. 그러다 보니 신경을 쓰이게 하는 말이나 행동을 마음에 한참 담아두고 쉽게 넘겨내질 못한다. 문제는 그렇게 한 번 흐름이 끊기면 기분이 엉망이 되는 건 물론이고, 지금 하고 있는 일에도 영향이 간다는 것이다. 기분에 따라 업무 영역이 흔들려

버리면 치명적인 상황이 종종 발생한다. 마감기한을 맞추지 못한다든지 결과물이 기대 이하라든지.

그럴 때마다 마음속에 되뇌는 문장이 있다.

"열심히 일하고, 사람들에게 친절하세요. 놀라운 일이 일어날 것입니다."

코미디언이자 MC인 코난 오브라이언Conan O'Brien이 '2011년 다트머스대학 졸업식'에 연사로 나와 축사를 할 때 했던 말 중에 일부분이다(졸업식 축사를 잘 하지 않기로 유명한 그였기에 화제가 되기도 했지만, 토크쇼가 폐지되는 등 코난 오브라이언이 개인적으로 가장 힘들고 어두운 시기를 보내고 있을 때 졸업 축사를 수락했다는 점이 모두를 놀라게 했다).

기분이 안 좋아져서 일이 손에 잡히지 않거나 이로 인해 사람과의 관계까지 흔들릴 땐, 크게 심호흡을 하고 조용히 문장을 마음에 새긴다. '지금 해야 할 일을 열심히 하자. 옆에 있는 사람에게 친절하게 대하자'라는 말을 수차례 반복하면서 말이다. 이 문장은 내 삶의 모토가 되었다.

흔들리는 당신을 붙잡아주는 문장

생각해 보면 언제나 좋은 문장 덕분에 어려운 시기를 넘길 수 있었다. 그 문장들은 때로는 가훈이 되기도 하고, 급훈이 되기도 하고, 명언이나 좌우명이 되기도 한다. 형태와 타이밍, 지향점에 따라 붙여진 이름은 제각각이지만, 모두 동일한 역할을 한다. 지금 내가 뭘 해야 하는지, 우리가 어디에 있는지, 당신이 그걸 왜 하고 있는 건지 등 어수선하고 힘들 때마다 붙잡아주는 일이다.

당신이 흔들리고 혼란스러운 바로 그때, 마음을 붙잡아주는 문장이 있기를. 길을 잃었다는 생각이 들 때 이정표가 되어줄 문장이 있기를 바란다.

||||||||||||||||||||||||||||||||||||||||||||||||

감정의 기복이 심해질 때마다 시선을 빼앗는 것들로부터 마음을 지키는 일이 중요해진다. 생각해 보면 언제나 좋은 문장 덕분에 어려운 시기를 넘길 수 있었다. 기분에 따라 마음이 쉽게 흔들리는 사람일수록 이정표가 되어줄 문장을 많이 보유하는 게 좋다.

||||||||||||||||||||||||||||||||||||||||||||||||

Chapter4
행복한 기분을 만들기 위한 조각을 모을 것

08
하루를 책임질
무적의 플레이리스트
만들기

음악이 가지고 있는 힘

음악이 가지고 있는 힘에 대해 여러 예시를 들며 입 아프게 역설하지 않아도 이미 우리 삶은 이미 음악과 떼어놓을 수 없는 단계에 이르렀다. 시대가 변하고 장르가 다양해져도 그 본질은 그대로다. 당신의 마음을 울리는 선율을 지닌 음악이 있다는 것. 당신의 생각을 대변하는 가사를 지닌 노래가 있다는 것. 그리고 우리가 그것들을 통해 설명하기 어려울 정도로 큰 감명과 따뜻한 위로를 받고 있다는 것이다. 때로는 존경할만한 사람이 하는 멋진 말보다 유명한 사람이 썼다는 책의 유려한 문장보다 노래 한 곡을 듣는 게 더 큰 위로와 깨달음을 줄 때도 있다.

적어도 당신의 취향과 관심사에 젖어든 음악에 대해서만큼은 난이도와 완성도, 인지도와 유명세 같은 것들을 논할 필요가 없다. 누구에게 더 많이 알려져야 가치 있는 게 아니라 나에게 의미를 지녀서 좋은 것들이니까. 기호는 그런 것이다. 내 입맛에 맞으면 그게 가장 좋은 것이다.

하루를 책임질 무적의 플레이리스트

영화 <유 콜 잇 러브>에는 이런 대사가 나온다.

"가끔 라디오에서 좋은 노래가 나올 때가 있어. 노래를 듣고 나선 들은 것만으로 행복해지기도 해."

음악 스트리밍이라는 개념 자체가 생소하던 시절, 나는 라디오를 듣다가 좋아하는 노래가 나오면 녹음을 하는 일에 엄청나게 집착했다(듣고 싶은 노래를 직접 신청하기도 했고). 그렇게 만들어진 카세트테이프는 그 존재만으로도 든든한 기분을 느끼게 해주었다.

영화 <가디언즈 오브 갤럭시>에서 피터 퀼(크리스 프랫 분)은 오브를 획득하는 여정을 시작하기 전에 '끝내주는 노래 모음집 1탄(Awesome Mix Vol. 1)'을 재생한다. 역경(?)을 헤쳐나가는 과정이 음악과 묘하게 맞아떨어지면서 관객들의 시선도 음악을 따라 자연스럽게 녹아들었다.

요즘 유튜브에선 '노동요'라는 제목으로 구성된 재생목록을 심심치 않게 볼 수 있다. 생각의 템포를 높이기 위해, 잡생각을 없애기 위해, 집중하는 데 도움을 받기 위해 음악의 도움을 받는 것이다.

플레이리스트를 갖춘다는 건 이 지점에서 의미를 지닌다. (과장을 조금 보태서) 어떤 중요한 일을 시작하기 전에 치르는 경건한 의식과 같다. 잘 세팅된 플레이리스트는 오늘 하루를 책임질 무적의 아이템이 된다.

오늘, 당신의 플레이리스트에는 어떤 노래가 존재감을 드러내고 있는지 궁금하다.

번외 | 노래에 기억 심기

노래를 들으면 떠오르는 풍경이나 기억이 있을 것이다. 나의 경우엔 노래 한 곡을 정해 무한 반복하면서 그 속에 그때의 기분과 감정, 기억을 심는 작업을 한다. 그래서 어떤 노래를 들으면 기분을 좋게 하는 추억이 떠오르기도 하고, 잊고 싶었던 기억이 되살아나기도 한다.

노래에 기억을 심는 건 그래서 좋다. 그 노래를 만나면 그때의 추억과 텐션을 다시 한번 끌어올릴 수 있어서. 그 노래를 열심히 피해 다니면 떠올리고 싶지 않은 기억을 한참 덮어둘 수 있어서.

안 좋은 기억, 슬픈 순간이 있다면 노래 하나를 정해 그 노래를 듣는 동안만 그 감정을 소비하는 연습도 좋다. 일단 특정 영역안에 담아두고, 내 의지로 꺼내 보는 것이다. 끄집어내는 걸 원하지 않으면 그 노래를 플레이리스트에서 완전히, 영원히 제거해버려도 좋고.

Point

당신의 마음을 울리는 선율을 지닌 음악이 있다는 것. 당신의 생각을 대변하는 가사를 지닌 노래가 있다는 것. 그리고 우리가 그것들을 통해 설명하기 어려울 정도로 큰 감명과 따뜻한 위로를 받고 있다는 것. 때로는 존경할만한 사람이 하는 멋진 말보다, 유명한 사람이 썼다는 책의 유려한 문장보다 노래 한 곡을 듣는 게 더 큰 위로와 깨달음을 줄 때도 있다.

09
잡생각을
줄여주는
일 찾기

단순 작업의 매력에 대해서

최근 내 친구는 자신이 얼마 전 시작한 뜨개질의 장점에 대해 나에게 한참을 설명했다. 뜨개질로 만든 결과물이 주는 쾌감도 있지만, 그 친구는 결과물보단 과정에 더 무게중심을 두고 있었다. 콘텐츠 기획을 주로 하는 친구의 업무 특성상 복잡한 문제를 해결하기 위해 언제나 고민과 스트레스 속에서 살고 있었다. 그런 그가 머리를 식히고 새로운 생각을 얻기 위한 작업으로 뜨개질을 선택한 것이다. 지극히 단순하고, 어쩌면 지독할 정도로 반복적인 작업임에도 말이다. (물론 목, 어깨 통증이 생겼다는 단점이 있었다.)

삶의 복잡도가 높다고 생각하는 사람일수록 가끔 경험하는 단순 작업을 통해 머릿속이 환기되는 걸 경험하기도 한다. 당신의 주의를 끌만한 새로운 일 혹은 단순한 일에 집중하면서 잡생각과 복잡한 문제로부터 의도적으로 거리를 두는 것이다.

고민하지 말고 일단 해보자

2013년 11월, 아이유가 엘르와의 인터뷰에서 이런 말을 한 적이 있다.

"'못해요'를 입에 달고 살다가 그걸 고쳐보려고 이 생각 저 생각 해봤더니 결국 '잘 모르니까 한번 해볼게요'를 이유 삼아 나를 바꿀 수밖에 없겠더라고요."

이것저것 고민만 잔뜩 하다가 새로운 경험을 해보지 못하는 경우가 있다. 머릿속이 복잡하거나 기분이 다운됐을 때, 너무 고민만 하지 말고 일단 해보는 게 답이 될 수도 있다. 막상 해보면 생각보다 어렵지 않거나, 기대 이상으로 즐거운 기분을 느끼게 될 수도 있다. 즐거움을 주는 일은 잘할 수 있고, 다른 일보다 오래 할 수 있다. '아, 이거 시작하길 정말 잘했다.'라는 생각을 갖게 하는 일을 꼭 만날 수 있기를. 무언가에 몰입할 수 있다는 건 행복한 일이다.

Point |||||||||||||||||||||||||||||||||||||||||||||||||||||

삶의 복잡도가 높다고 생각하는 사람일수록 가끔 경험하는 단순 작업을 통해 머릿속이 환기되는 걸 경험하기도 한다. 당신의 주의를 끌만한 새로운 일 혹은 단순한 일에 집중하면서 잡생각과 복잡한 문제로부터 의도적으로 거리를 두는 것이다. '아, 이거 시작하길 정말 잘했다.'라는 생각을 갖게 하는 일을 꼭 만날 수 있기를. 무언가에 몰입할 수 있다는 건 행복한 일이다.

|||||||||||||||||||||||||||||||||||||||||||||||||||||||||||||||||||||||

10
내 이야기를
편견없이 들어줄 수 있는
사람찾기

대화 상대가 필요한 순간이 있다

대화 상대가 필요한 순간이 있지만, 그렇지 못한 상황 때문에 외로운 기분을 느낄 때가 있다. 시간이 흘러갈수록 마음을 터놓고 대화를 나눌 수 있는 상대가 줄어든다. 가족들을 걱정시키고 싶진 않고, 학생 때 사귀었던 친구들은 점점 더 멀어진다. 사회에서 만난 지인들은 어느 정도 벽이 존재하는 경우가 많기도 하고.

솔직해진다는 건 위험을 감수하는 일이기도 하다. 속마음을 있는 그대로 털어놓는다는 게 때로는 나 자신을 향하는 칼날이 되어 되돌아올 가능성이 있는 것도 사실이다. 사소하고 가벼운 수다부터 제법 진지한 속마음까지 그리고 당신의 약점이 될만한 이야기까지도 꺼내놓을 수 있는 친구가 있다면 그 인연을 더욱 소중히 여기도록 하라.

전문가를 만나는 것은 전혀 부끄러운 일이 아니다

요즘 내 주변엔 상처받은 마음을 치료하고 싶어서 병원을 찾는 친구들이 꽤 많아졌다. 어쩌면 예전부터 상담 치료를 받는 사람들이 많았지만, 치료를 받고 있다는 사실을 공개하는 일에 스스로 부담을 느껴 겉으로 드러내지 않았던 걸지도 모르겠다. SNS만 봐도 '정신과에 와서 교정치료를 받아야 할 사람은 안 오고, 정작 그 사람에 상처받은 사람이 병원에 온다.'라는 말이 오래전부터 꾸준히 공유되고 있을 정도니까.

정신건강의학과를 방문한다는 사실로 인해 걱정이나 두려움이 생길 수도 있다. 괜히 주변 사람들로부터 차가운 시선을 받게 될까 봐 말이다. 그러나 시대가 변했다는 것을 기억하라. 내 마음을 지키는 일에 대해 부담감을 느낄 필요는 없다. 전문가를 만나는 것은 전혀 부끄러운 일이 아니다. 마음이 어렵고 힘들면 상담을 받도록 하자. 편견 없이 자신의 이야기를 털어놓을 수 있는 사람을 만나는 것만으로도 큰 도움을 받을 수 있다.

Point

솔직해진다는 건 위험을 감수하는 일이기도 하다. 속마음을 있는 그대로 털어놓는다는 게 때로는 나 자신을 향하는 칼날이 되어 되돌아올 가능성이 있는 것도 사실이다. 사소하고 가벼운 수다부터 제법 진지한 속마음까지 그리고 당신의 약점이 될만한 이야기까지도 꺼내놓을 수 있는 친구가 있다면 그 인연을 더욱 소중히 여기도록 하라.

11
나의 행복을 위해
하지 않기로
결정하기

불편함을 주는 요소 극단적으로 제거하기

역시 편안한 게 최고다. 기분을 바꾸는 것에 이것보다 효과
가 좋은 건 없다. 당신에게 편안함과 안정감을 주는 것들이 무
엇인지 발견했다면, 그것을 누리는 일에 집착해도 괜찮다.

편안함을 추구한다는 건 불편함을 주는 요소를 제거하는
것으로부터 시작한다. 예를 들어 당신에게 침대의 푹신함이 중

요하다면, 아무리 비싼 매트리스여도 지금 사용하고 있는 불편한 제품을 버리거나 처분해야 한다. 그래야 편안함을 주는 새로운 매트리스를 배치할 수 있기 때문이다.

당신에게 불편함을 주는 건 어떤 것들인지, 당신으로 하여금 자제력을 잃게 만드는 것들은 무엇이 있는지 생각해 보도록 하라. 편안함을 주는 것들 덕분에 우리는 오늘 하루를 버틸 수 있다.

하지 않기로 결정하기

이건 지금까지 해온 이야기들과 조금은 다른 관점이다. 원하는 것이 있고 해결하고 싶은 문제가 있다면, 우리는 보통 특정 요소를 추가하거나 어떤 일을 해내는 것에 중점을 둔 의사결정을 내린다. 예를 들면 '기분이 좋아지기 위해 무언가를 한다'와 같이.

'할 일 목록To Do List'을 작성하는 일은 익숙하지만, '하지 말아야 할 일 목록Not To Do List'을 작성하는 일은 낯설다. 이 작업은 절대 하지 말아야 할 일이나 습관, 반드시 지켜내야 할 삶의 원칙을 정하는 일이다. 조금 더 쉽게 말하면 어떤 상황이 발생해도 절대로 하지 않아야 할 것들과 피해야 하는 일들을 리스트화하는 작업이다. 당신의 기분을 망치는 것들, 감정을 고갈시키는 일들, 통제 불가능한 상태로 몰고 가는 것들, 비생산적인 일들, 건강을 해치는 습관 같은 것들이 여기에 해당한다.

때로는 하지 않는 것이 무언가를 이루어내기도 한다

JTBC 드라마 〈런 온〉에는 이런 대사가 나온다.

"하기 싫으면 하지 마요. 극복이라는 게 꼭 매 순간 일어나야 되는 건 아니에요. 주말에 쉬어도 돼. 그러니까 하기 싫으면 하지 마요. 그게 뭐든. 진심이에요."

기분을 나아지게 만드는 일을 위해서 꼭 무언가를 해야만 하는 건 아니다. 경우에 따라 무언가를 하지 않는 것도 좋은 방법이 될 수 있다. 조금 더 과격하게는 사람에 따라 아무것도 하지 않는 상태를 유지하는 게 오히려 도움이 되기도 한다. 무언가를 계속 추가하기만 한다면, 언제부턴가 점점 이상한 걸 하게 되는 경우도 있으니까 말이다. 어깨에 힘을 좀 빼도 된다. 그렇게 계속 힘을 주고 있으면 잘할 수 있는 것에 대해서도 실수가 생긴다.

Point

역시 편안한 게 최고다. 기분을 바꾸는 것에 이것보다 효과가 좋은 건 없다. 당신에게 편안함과 안정감을 주는 것들이 무엇인지 발견했다면, 그것을 누리는 일에 광적으로 집착해도 좋다. 또한 기분을 나아지게 만드는 일을 위해서 꼭 무언가를 해야만 하는 건 아니다. 경우에 따라 무언가를 하지 않는 것도 좋은 방법이 될 수 있다. 조금 더 과격하게는 사람에 따라 아무것도 하지 않는 상태를 유지하는 게 오히려 도움이 되기도 한다.

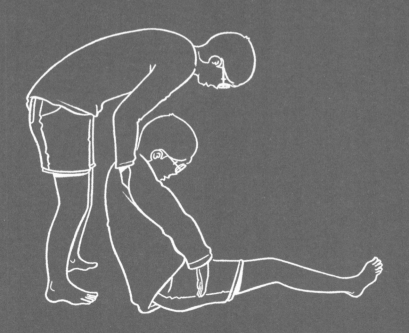

지금
내가 느끼는 감정과
대화하는 연습

1. 오늘의 기분을 한 문장으로 표현한다면?

2. 당신의 기분을 나쁘게 만들었던 말이 있나요?

3. 속마음을 털어놓을 수 있는 소중한 사람이 있나요?

4. 최근에 눈물을 흘린 일이 있나요?

5. 당신은 언제 혹은 어디에서 편안함을 느끼나요?

6. 요즘 당신이 가장 꽂힌 게 있다면 무엇인가요?

7. 가장 지우고 싶은 기억이 있다면?

8. 영원히 잊고 싶지 않은 순간은 언제인가요?

9. 불만족스럽거나 불평하고 싶을 때 어떻게 하나요?

10. 마지막 여행은 언제인가요?

11. 무례한 말을 들은 적이 있나요?

12. 마지막으로 칭찬을 건넨 적이 언제인가요?

13. 요즘 재미를 느끼는 일이 있나요?

14. 다른 사람과 비교했던 적이 있나요?

15. 스트레스를 해소하는 자신만의 방법이 있다면?

16. 거절하지 못해서 억지로 했던 일이 있나요?

17. 어떤 음식을 먹을 때 가장 행복한가요?

18. 최근에 상처를 받은 말이 있나요?

19. 가사가 마음에 드는 노래가 있나요?

20. 후회하는 일이 있나요?

21. 억지로 웃었던 순간이 있나요?

22. 배신감을 느낀 순간이 있나요?

23. 불안함을 느끼는 순간이 있나요?

24. 화가 미치도록 치밀었던 순간이 있나요?

25. 말실수 때문에 힘들었던 적이 있나요?

26. 혼자 뒤처진 것 같은 느낌을 받은 적이 있나요?

27. 스스로를 자책했던 순간이 있다면?

28. 주체하지 못할 만큼 화가 났던 순간이 있나요?

29. 건강을 해치는 습관이 있나요?

30. 두려움을 느끼게 하는 것이 있나요?

31. 부정적인 생각이 떠오르는 순간이 있나요?

32. 서운한 감정을 느꼈던 적이 있다면?

33. 언제 마지막으로 펑펑 울었나요?

34. 고마움을 느낀 사람 혹은 순간이 있나요?

35. SNS를 하다가 기분이 상한 경험이 있나요?

36. 외로움을 느낀 순간이 있나요?

37. 가장 좋아하는 문장, 명언이 있나요?

38. 최근 가장 행복했던 때가 언제였나요?

39. 나의 고민을 이야기 할 수 있는 사람이 있나요?

40. 내가 가장 사랑하는(혹은 했던) 사람이 있나요?

Epilogue

오랫동안
정리하지 않은 냉장고를
청소한다고 생각합시다

인간만큼 복잡한 존재가 또 있을까

분명 겉으로는 웃고 있으면서도 속으로는 슬플 수 있고, 행복한 순간에도 불안감을 느낄 수 있다. 당신조차도 당신의 지금 상태를 한 가지 감정이나 기분으로 정의하기 어려울 것이다. 순간순간 제멋대로 바뀌기도 하고 동시에 여러 가지가 섞이기도 하니까. 그렇기 때문에 우리는 마음을 들여다보는 일에

게으르지 않아야 한다. 당신의 마음이 고여있는 상태가 되지 않게 하기 위해서 말이다.

마음을 들여다보는 일은 오랫동안 정리하지 않은 냉장고를 청소하는 것과 비슷하다. 냉장고 속을 들여다보면 언제 넣어두었는지 모를 정도로 오래되어 이미 상해버린 음식도 있고, 제때 사용하지 않아 물러터진 식재료도 있다. 냉동실 벽에 오랜 기간 동안 두껍게 쌓인 성애를 발견하기도 하고, 구석에서 발견한 소스의 유통기한이 남아있다는 사실에 기분이 좋아지기도 한다. 어느 때엔 그런 식재료들을 빨리 처리하기 위해 그날의 저녁 메뉴를 갑자기 바꾸기도 한다. 냉장고를 오랜만에 들여다본다는 건 이런 발견의 연속이다. 상한 음식과 신선함을 잃은 식재료는 과감하게 처리해야 한다. 때로는 도려내야 할 때도 있는 거고. 아무리 비싼 식재료여도 먹을 수 없는 상태가 되면 버려야 한다.

나는 당신의 오늘 기분이 어떤지 궁금하다. 오랫동안 버리지 못해 상한 부분이 있지는 않은지, 행복을 느끼게 하는 즐거운 발견이 있는지도.

/ 박한평

감정 기복이 심한 편입니다만

초   판 1쇄 발행 | 2021년 05월 28일
개정판 9쇄 발행 | 2024년 07월 18일

글 | 박한평
그림 | 김태균 (@kyoonart)

펴낸곳 | Deep&Wide
발행인 | 신하영 이현중
편집 | 신하영 이현중 윤석표
도서기획 | 신하영 이현중 윤석표

주소 | 서울특별시 마포구 성미산로1길 21 사울빌딩 302호
이메일 | deepwidethink@naver.com

ISBN | 979-11-91369-56-4

이 도서의 국립중앙도서관 출판예정도서목록(CIP)은 서지정보유통시스템(http://seoji.nl.go.kr)
과 국립자료종합목록시스템(http://www.nl.go.kr/kolisnet)에서 이용하실 수 있습니다.